講談社文庫

おいしいごはんが食べられますように

高瀬隼子

講談社

目次

おいしいごはんが食べられますように

　昼休みの十分前、支店長が「そば食べたい」と言い出した。「おれが車出すから、みんなで、食いに行くぞ」と数人を引き連れ、高速のインター近くにあるそば屋まで出かけて行き、二谷と藤さんの二人だけが部屋に残った。「昼にしよや」と、藤さんが弁当を取り出す。二谷は常備しているカップ麺にポットのお湯を注いだ。冷蔵庫を開けると、コンビニ弁当が二つ入っているのが目に入った。弁当を持って来ている人がいることくらい、支店長だって分かっているだろうに、よしみんなで行くぞ、と当たり前のように言うのだ。パックのお茶を取り出して冷蔵庫を閉める。

　よしみんなで行くぞ、おいおまえ行かないつもりか、付き合い悪いなあ、と低いトーンでぶつぶつ言った後で急に「支店長命令だぞっ」とわざとらしくはしゃいだ声を出してみたって、ほんとうは行きたくないのに付き合いでしぶしぶ従っている人間がいるというのは想像に難くないはずだが、そんな想像は捨て去って「行くぞ」と言える、支店長のああいうところはすごい、と二谷はまっすぐに感心してしまう。「飯はみんなで食ったほうがうまい」というのが支店長の口ぐせだった。前に支店長とカツ丼を食べに行った芦川さんが、青い顔をしてトイレから出てきたところに鉢合わせたことがある。支店長のペースに合わせて急いで食べたらお腹が痛くなって、とハンカチを持った手でお腹を押さえていた。芦川さんもおそらく弁当を持ってきていただろう。それで足りるのかと見る度に驚いてしまうような小さな弁当箱を、昼休みになると自分の席の一番下の引き出しから取り出して食べているのを知っている。

カップ麺のふたを開ける。湯気が指先に熱い。

「おれら午後一で打ち合わせ入っててよかったな」

藤さんがにやにやしながら声をかけてくる。二谷は曖昧に、と自分では思っている速度で頷き返すが、藤さんからするとそれは首を縦に振っている同意の仕草であって、曖昧に濁した感じは伝わっていないらしく、「だよなー」とさらに強めの声を出され、二谷は今度こそ強く頷かされた。

藤さんは机に置いたスマホを左手で操作しながら、弁当を食べている。箸でつまんでいるのは卵焼きで、二谷がスーパーでよく買うつるりと均一な黄色のものとは違って、白と黄色と茶色のまだらの、人が焼いたと分かる色をしていた。藤さんはいいよな、おれと同じだけ残業したって家に帰ればああいう食べ物が頼まなくても出てきて、朝飯も昼の弁当も用意されていて、食べることを考えなくたって生きていける。一方で二谷は、飯の用意を考えなくていいのはうらやましいが、それ以外のことが付属してくるのは面倒だなとも思う。カップ麺でいいのだ、別に。腹を膨らませるのは。ただ、こればかりじゃ体に悪いと言われるから問題なのだ。一日三食カップ麺を食べて、それで健康に生きていく食の条件が揃えばいいのに。一日一粒で全部の栄養と必要なカロリーが摂取できる錠剤ができるのでもいい。それを飲むだけで健康的に生きられて、食事は嗜好品としてだけ残る。酒や煙草みたいに、食べたい人だけが食べればいいってものになる——これまでに何度となく繰り返してきた想像をなぞりながら、目はぼんやりと藤さんとその周辺に向けていた。

藤さんが卵焼きを三切れ続けて口に放り込み、咀嚼しながら立ち上がった。お茶が飲みたいらしい、と冷蔵庫の方に向けた視線の動きで察する。藤さんが席を離れて冷蔵庫の方へ歩き出し、すぐに立ち止まった。芦川さんの席の前だった。躊躇なく芦川さんの机上に置かれていたペットボトルのお茶に手を伸ばし、飲みかけらしいそれをさっさと開けて飲んだ。二谷の視線に気付くと、いたずらがばれた子どものような卑怯な顔で笑って「どうしても喉が渇いててさあ」と言い訳をした。二谷がゆるゆると頷く。

藤さんがペットボトルを芦川さんの机に戻す。それはほとんど減っていないように見えた。喉がどうしようもなく渇いて仕方なく飲んだということにするのであれば、二口、三口と飲むべきだったが、喉を潤すというよりは唇を湿らすと表現するのが適当と思われるくらい、ほんの少しの一口だった。芦川さんは若い女性だ、と二谷は当たり前に知っていることを考える。藤さんは中年の男性だ。年齢は聞いたことがないけど、支店長補佐なので四十は過ぎているはずだ。年齢は関係ないか。どうだろう。性別は関係あるか。あるよな。多分な。

藤さんが冷蔵庫から新しいペットボトルのお茶を取り出し、席に戻ってそれを飲み、午後一で来社予定の取引先について話を始める。長くデザインを変えていない既存商品のラベルを新しくしたいという相談の予定だった。二谷もカップ麺をすりながら、左手でマウスを操作してパソコン画面に資料を表示し、最終確認を行った。カップ麺の汁を給湯室の流しに捨てに行く時に、さりげなく芦川さんの机上を見た。藤さんが飲んだペットボトルのお茶は、花柄のコースターの上に置かれていた。

昼休み時間を少しオーバーして、支店長たちが戻ってきた。扉が開かれる少し前から、ざわざわした話し声が廊下をまっすぐ進んでくるのが聞こえていた。ただいまあ、と声を上げながら扉を開いたのはパートの原田さんで、藤さんと二谷に向かって、「そばめっちゃおいしかったよぉ、支店長がおごってくれたの、全員分！」と報告する。後ろに続いた芦川さんも「やっぱりみんなで食べるごはんが一番おいしいですよね」と言う。ネクタイを締め直して来客準備を始めていた藤さんと二谷が、太っ腹っすねえ、と支店長の顔を見ながら声を上げると、支店長は誇らしげな顔で「まあまあ」と頷き、ほらもう来るだろ、と仕事に戻るよう指示した。二谷は頷き、目隠し用パーテーションの向こう側にある応接スペースに向かおうとしたが、藤さんが立ち止まったので、一緒に止まる。藤さんが「芦川さーん」と声をかけた。

「あのさあ、それ、その机に置いてあるお茶、こないだ出たばっかの新商品でしょ。ぼくも気になってて、ごめんねえ、勝手に一口もらっちゃった」

すぐに原田さんが、藤さんまた勝手に飲んでぇ、きっもちわるーい、と非難の声を上げたが無視される。芦川さんの隣の席で、押尾さんが不快そうに顔を歪めたのが目に入った。芦川さんは、そうですかあ、と間延びした声を出し、ペットボトルを手に取ると、「どうでした？」と藤さんに尋ねた。藤さんは笑顔のまま首を傾げて「爽健美茶に似てるけど、こっちの方がちょっと苦いかなー」と答える。芦川さんはキャップを外してお茶を一口飲み「ほんとですねえ」と返した。原田さんが、うわーもう捨てちゃえばいいのにそのお茶、と言い、藤さんがひどいなー、と笑い、芦川さんはうふふ、と口に出して言って、二谷は半笑いの顔のまま黙っていて、今飲んでみせなくたって芦川さんはもう味を知ってるわけで、だから、ちょっと苦いですよねーと返すだけでよかったのにな、と思った。わざわざ藤さんの目の前でもう一度味を確かめて、それはつまり勝手にお茶飲まれたの気にしてないですよってサインを出しているわけで、案の定、藤さんはにこにこして応接スペースに向かい、原田さんは呆れたわという顔をしているが、もう何も言わない。押尾さんはとっくに興味を失くしてパソコンの方を向いている。芦川さんが二谷の顔を見て、「打ち合わせ、がんばってくださいね」と、胸の前で握りこぶしを二つ作って揺らしてみせた。

＊

わたし芦川さんのこと苦手なんですよね、って言ったら二谷さんは笑った。絶対笑った。そう思うのに、一瞬で表情が消えたので自信がなくなる。自信っていうのは、笑ったっていう事実があったことについてじゃなくて、二谷さんは芦川さんよりわたしのことが好きなはず、っていう方の。

社外研修会の帰り、もうすぐ駅に着くというところで「おれ晩飯食べていくから、ここで」と、二谷さんが立ち止まった。十七時を過ぎたばかりで、駅前にはサラリーマンよりも制服を着た中高生や大学生くらいの若い人たちの方が多かった。会社から電車で三十分ほど東京の方へ近付いた場所で、繁華街ではないけど、埼玉の奥にある会社周辺よりは栄えている。「この辺り初めて来たんですけど、二谷さん詳しいんですか」と尋ねると、二谷さんは全然、と首を横に振った。「そこらへんの居酒屋に適当に入るつもりだから、女の子が好きそうな店じゃないと思うけど、押尾さんも、予定なかったら一緒に食う？」

その誘い方がただの同僚という感じがしてよかったので、付いて行った。二谷さんは駅前の飲食店が密集している辺りを少し歩いただけで「ここでいいか」と言って、雑居ビルの二階に入っているチェーンの居酒屋に入った。

生ビールを一杯ずつあっという間に空け、二杯目を空ける頃には、支店長の悪口はひととおり言い終えていた。支店長の自分勝手で傲慢な旧時代の上司然としたエピソードや、数年前まで今はもういないパートさんと不倫していたらしいという噂、仕事の周辺の悪口はどんどんしゃべってくれたが、最後には牽制(けんせい)するように「まあこれみんな知ってるんだけどね」と付け加えた。二谷さんは支店長よりも直接指示を受けることが多い支店長補佐の藤さんの方に不満が溜まっているんじゃないかと思って、藤さんってどんな感じなんですかと水を向けてみたが、こちらは「まあまあ」と深くは話さない。後輩に悪口は言っても愚痴はこぼさないと決めているのか、単にわたしにまだ心を開いていないのかどっちだろうと測りかねた。

笑い声が高まって、それからだんだん小さくなって、はあーあ、と息を吐いたタイミングでビールのジョッキに手を伸ばす。まず二谷さんがそれに口を付けて、従うようにわたしもジョッキを持ち上げた。下に敷かれた店のロゴマークが入ったコースターがじっとり濡れている。ジョッキを顔に近付けて、唇に触れる前に、「わたし芦川さんのこと苦手なんですよね」と言った。二谷さんがビールを飲むのを止めてわたしを見た。その目が一瞬、油断したように笑った。

わたしは目を合わせたまま、ビールを飲む。ゆっくり飲んだら嫌味っぽくなると思って、わざとちょっと早く、ごくごくごく、と一気に飲む。言っちゃった、って感じを出すために。二谷さんは「へえ」と言って目を細めた。今日はそういう話をする日なんだね、とその目が言っている。唇がとんがっているのは、ばかにする準備かもしれなかった。

空になった、と言って二谷さんがタブレットを操作して三杯目のビールと白身魚のからあげを注文した。押尾さんもおかわり頼めば、とタブレットを差し出される。表示されている写真のメニューから、ハイボールをタップして注文すると、すぐに運ばれてきた。エアコンが効きすぎていてちょっと寒い。鞄にしまっていたジャケットを取り出して、肩にかけた。

「苦手って、どういうところが」

どうして、じゃなくて、どういうところが、と聞かれたので少し安心する。

「いろいろ、ありますけど、例えば今日の研修会に来てないところとか」

「ああ。ふうん」

二谷さんは合点したように一度頷き、けれど間を置いて何か考えているように息を吐いた。

今日、二谷さんと二人で参加した社外研修会に、芦川さんも参加する予定だった。業務に必要な関係法令の勉強会で、事前に大量の資料が提供され、藤さんから「読んでいかないと絶対付いていけないよ」と助言されていたので、二週間かけて少しずつ消化した。芦川さんとも数日前に「研修資料全部読めました？」と確認し合ったばかりだった。昨日、研修の主催者から届いたリマインドメールに〈たくさんの方にご参加いただくせっかくの機会ですので、後半にわずかな時間ではございますが、他社の方との交流を兼ねたグループワークを設けたいと存じます〉と書いてあったし、あまり低い理解度で参加しては恥ずかしい。他社の人と合同で研修を受ける機会なんてたくさんはないし。そんなふうに少し緊張していた。朝、電車に乗って会場に向かっている時、芦川さんからメッセージが届いた。体調が悪いので今日の研修を欠席する、という内容だった。

「芦川さん、二月にあった研修も当日欠席したんですよね。前日までは別に、参加するのが嫌って感じはなかったのに、いきなり」

「ときどき、あるみたいだね。芦川さんがしんどくなって休むこと。多分だけど、そもそも大人数に会うのが苦手で、かつ今回みたいに前日になってグループワークをしますって言われるとか、予定外のことが入るのが、すごく苦手なんだと思う」

二谷さんがビールを一口飲んで続ける。

「芦川さんが苦手って、もっと押尾さんに直接利害があるところで苦手なのかと思った。なんか言われたとかされたとか。そうじゃなくて、単にできないのがむかつく感じ？」

「っていうか、できないことを周りが理解しているところが、ですかね」

わたしもハイボールを飲みながら、しゃべる。喉をアルコールで洗う。

「さっきの、二谷さんが言ってた芦川さんは予定外のことが苦手ってやつ、多分そのとおりなんだろうなって思うんですけど、別に芦川さんがそう言ってるわけじゃないじゃないですか。わたしはこれが苦手でできませんって表明してるわけじゃない。でも支店長や藤さんや他のみんなも、うちの支店に来てまだ三か月しか経ってない二谷さんでも、分かってるでしょう。それで、配慮してる。それがすっごい、腹立たしいんですよね」

「まあ、でも、そういう時代でしょう、今」

「分かってます。でもむかつくんです」

心が狭いんですよ、そんなの分かってるんですけど、とこれは口の中でもごもごつぶやいただけだったが二谷さんは聞き逃さなかったようで、心が狭いとは思わないけど、と表情を変えずに言う。

「職場で、同じ給料もらってて、なのに、あの人は配慮されるのにこっちは配慮されないっていうかむしろその人の分までがんばれ、みたいなの、ちょっといらっとするよな。分かる」

二谷さんが三杯目のビールを飲み干した。話しながらタブレットを操作して飲み物を注文している。次もビールを飲むらしい。二谷さんは食べる量と比べて酒量の方がずっと多い。

「できない人がいて、でも誰かがしなきゃ会社はまわらないし。そしたらできる人がするし、できる人ばっかりがする。そういう人は出世するだろうけど、別に仕事ができるからって出世したいとも限らないんだよなあ。できるからしてるだけっていうか。おれの同期がさ、もう二人も休職経験してて。それで復職したら案の定、総合事務部所属だろ」と、社内で一番残業が少なく、心身に不調をきたした人の異動先になりやすい部署の名前を挙げる。「毎日定時で帰れて、でも、おれらと同じ額のボーナスはもらえる。出世はないけど、あのままのらりくらり定年まで働けるなら、それって一番いい。一番、最強じゃん」

最強の働き方。わたしはつぶやく。さっきと同じ、口の中でもごもごと言っただけのつぶやきを、二谷さんは今度は拾わなかった。声がちょっと大きくなっている。酔っぱらい始めているのかもしれない。店員がビールと枝豆を運んできた。

「枝豆、さっきも食べてましたよね。二皿目ですか」

「野菜取らなきゃと思って」

じゃあサラダを頼めばいいのにと思うが、ビールを飲んでいる時にレタスより枝豆を食べたくなるのは分かる。わたしも枝豆に手を伸ばす。二谷さんが殻入れにしている空き皿をわたしの方に近付けてくれた。枝豆は茹でた後で冷蔵していたらしく、隅々まで冷たくてしんなりしている。

「最強の働き方してるのが、むかつくんだと思ってたんですけど、もしかして、うらやましいんですかね。なんかうらやましいのとは違う気がするんですけど。ああはなりたくないって、やっぱり思うから。むかつくんだけど、嫌いってのとはちょっと違うし」

「さっき、芦川さんのこと苦手って言ってなかった？」

「たぶん職場の同僚じゃなかったら嫌いじゃないんですよ。普通にいい人ふうじゃないですか、芦川さんって。あのタイプの人とはプライベートで仲良くなったことないから、仕事じゃなかったら付き合いもないと思いますけど」

「じゃ、やっぱり同僚になる以外の出会い方は、ないわけじゃん」

「そうですね。嫌いになる運命なんですかねえ」

運命って、と二谷さんが吹き出す。口に枝豆が入っていたらしく、慌てて手で口元を押さえている。それを見てわたしも吹き出した。酔ってるな、と思う。笑いの沸点が低くなっている。箸が転がってもおかしい、という言葉が頭に浮かび、テーブルに揃えてあった箸を小さく転がしてみる。それを見てまた笑う。何してるんだろう。ばかばかしくって笑う。こういうの、楽しい。笑いがどんどん生成されていく。喉の下の辺りで作られていく。鼻が鳴る。めっちゃ、楽しい。口に出して言ってみると、二谷さんが自分の額に手を当てて熱い息を吐いた。それを見てほっとする。二谷さんのこういう笑い方、職場の飲み会では見たことがない。体をテーブルにぐっと引き寄せて、二谷さんに顔を近付ける。

「それじゃあ、二谷さん、わたしと一緒に、芦川さんにいじわるしませんか」

二谷さんは首の筋を伸ばすストレッチをしているみたいに大きく、首を右に曲げ、左耳を天井へ突き出すようにした。見慣れない角度に傾いた二谷さんが、冷たい目で笑っていた。いや、冷たい目じゃないのかもしれない。酔っぱらっているから、真剣な顔を保とうとすると目が据わってしまうだけで。だってわたしに冷たい目を見せる意味が分からない。と思うけれどだんだん焦ってきて、冗談です、と付け加えようと口を開きかけた時に、二谷さんが「いいね」と言った。ほら、大丈夫。大丈夫だった。わたしはもうほとんど残っていないハイボールのグラスを持ち上げる。

「かんぱーい！」

と二谷さんが手に持っているビールジョッキにぶつける。いや、おれもう空なんだけど、と二谷さんが不満そうに口を曲げる。わたしは笑って、注文パネルに手を伸ばした。もっと飲みましょ。もっともっと飲みましょ。めっちゃ楽しい。そう言って、二谷さんの腕を撫でるように叩く。

＊

押尾さんは入社してわりとすぐ芦川さんを追い抜いたんだろう、と二谷は想像する。食品や飲料のラベルパッケージの製作会社で、デザイン部のある東京本社のほか、全国八の支店に二谷たちがいる営業部がある。押尾さんは新卒で入社して今年で五年目で、芦川さんは六年目。新入社員としてやってきた押尾さんが、一年先輩の芦川さんとチームを組む。席も隣になる。押尾さんはきっと、初めの頃、芦川さんのことが好きだっただろう。優しい先輩が指導役でよかった、と安心しただろう。でも入社して半年も経つ頃には、もういいや、と思ってたんじゃないか。

二谷はそうだった。入社は二谷の方が芦川さんより一年早く、入社から六年間は東北の支店にいた。三か月前に埼玉に転勤してきて、ここでの仕事は芦川さんから教わる形で引き継ぐことになっていた。けれど、転勤してきて二週間もする頃にはもう思っていた。この人は追い抜ける、時間もかからず、すぐに、簡単に。そう感じた人を尊敬するのは難しい。尊敬がちょっとでもないと、好きで一緒にいようと決めた人たちではない職場の人間に、単純な好意を持ち続けられはしない。

二谷が転勤してきた四月、芦川さんから引き継いだばかりの仕事でミスをした。納品が一日早まったことを知らされておらず、先方からいつ納品に来るんだと連絡が入り、慌ててお詫びに行き、翌日改めて納品に行ったのだ。幸いにも一日遅れの納品でも支障がなかったらしく、重たい菓子折りの持参で許してくれた。二谷が引き継ぎを受けた書類には誤った納品日が記載されていた。後で確認し直すと、芦川さんが二谷を同報して送ったメールに記載された日付が、正しい納品日だった。芦川さんはしきりに二谷に謝り続けていたが、二谷は自分の確認不足でもあるので仕方ないと思っていたし、そう伝えた。気になったのは、芦川さんが先方へのお詫び訪問に同行しなかったこと、お詫びの電話を藤さんが代わったことだった。訪問は現担当者の二谷が行くというので分かる。電話も、役職者である藤さんから入れてもらったということだろうかと思っていたが、後になって、藤さんから「芦川さん、前にいた会社でハラスメント、みたいなの受けてたらしくて、今も、声がでかい男の人はあんまり得意じゃないらしいんだよね」と説明され、入社時期としては一年後輩にあたる芦川さんが、年齢は一つ上で、今年三十になる人なのだと知った。

取引先の担当者は体と声が大きい中年男性だった。二谷が菓子折りを手渡すと、「今後は気を付けてくださいよ！」と確かに大声で言われたが、高圧的というわけではなかった。

洗わないで放置した鍋の中の濁った水みたいな胸の内に、毅然が足りない、という言葉が浮かんできた時、二谷は芦川さんを尊敬するのを諦めた。諦めると、自慰の手助けに彼女のことを想像するのも平気になった。それは不思議なことで、なんとなくかわいいと思っていた時よりも、彼女の弱いところにばかりに目がいくようになった後の方が、想像の中の彼女は色気を放った。聞いたことのないはずの種類の声で、彼女はいつも泣いている。彼女が泣けば泣くほどよかった。

転勤してきた翌日の金曜日に開かれた歓迎会で、その時はまだ名前を覚えていなかったパートの原田さんが近寄ってきて、芦川さんの話ばかりを二谷に聞かせた。芦川さんは支店から数駅のところに実家があってそちらにご家族と住まれている、実家暮らしなのにほんとうに料理がうまい、料理だけでなくお菓子作りまでうまい、みんなに優しいし、いつも笑顔で、悪いところが一個もない。

二谷は、はあそうですか、と適当に相槌を打ちながら、歳の近い同僚の情報を教えてくれようとしているのだろうか、でもだとしたら押尾さんも同じ二十代ではあるけど話に出てこないな、と訝しく思っていると、やたらと濃く描いた眉毛が目立つ顔の真ん中できゅっと目を細めた原田さんから、ところで二谷さんは付き合っている人はいるのと尋ねられた。

　あの時、二谷はぼんやりと、今年九十になる祖母の顔を思い浮かべた。体のあちこちに悪いところができているが頭はしっかりしており、二谷が施設へ会いに行くと「ひ孫が見たい」と必ず口にする。妹に長く付き合っている恋人がいるので、「そっちに期待する方が早いよ」と流すのだけど、祖母は「そうじゃない。うちの家のひ孫が見たいんよ」と取り合わない。

　昔の人だから、家を継ぐのは長男の二谷で、だから大事にしなくてはならないと考えているふしがあった。子どもの頃から、お菓子を二谷だけにくれたり、食事の時には肉を一切れ二切れ、自分の皿から二谷の皿にさっと移したりした。お兄ちゃんだけずるい、と冷めた目で見る幼い妹の顔が、幼いとはいえ小学校高学年くらいの顔で浮かぶ。ずるい、というその顔にあるのは頰を膨らませたかわいいものではなくて、子どもだけが素直に人に向けられる徹底して軽蔑したような容赦のない目だった。

　自分はいつか結婚するんだろう、と二谷は思っている。結婚がしたいわけではなくて、結婚したくないと思ったことがないからだった。世の中には一生結婚しないと決めている人もいるけれど、そういうのは確固たる意志がある人だけが決意するものであって、特に何の希望もない自分のような者は、いつか結婚しなければ辻褄が合わない。ならば、喜んでくれる人が多いうちにしてしまうのがいいんだろう、そんなふうに考えていた。

だから芦川さんが泣いた時に、自分から手を伸ばした。前にミスをしたのとは別の取引先から怒鳴りつけられた芦川さんを、明らかに先方に非があるただの当てつけだから気にしなくていい、とみんなで慰めた。落ち着くまで休んでていいよと言われた芦川さんが給湯室にこもり、人がいなくなったタイミングで二谷も中に入った。大丈夫ですか、と声をかけて近付く。「自分が悪いと思って泣いてるんじゃないですよね。怒鳴られて、怖かったんですよね」と芦川さんを自分の影の中に隠すように、隣に立った。芦川さんは目元をハンカチで押さえたまま頷き、音を立てて息を吸うと、

「二谷さんは、怒鳴ったり、しなそう」ととても小さな声で言った。

あなたはどんなに小さな声で話しても、周りがその声を拾ってくれるところにいるんですね。二谷は手を伸ばして芦川さんの肩に触れた。これまでに触れた女性の肩の中でも一番に細くて薄い、中に何も入っていないように力の抜けた肩だった。

最初のデートは映画を観に行った。アクションシーンの派手さが話題の、おもしろかったですねと言い合うのにちょうどいい映画だった。芦川さんは売店でパンフレットを買った。「そんなに面白かったですか」と二谷が驚くと、芦川さんは「記念です」とほほ笑んだ。ワインとイタリア風オムレツがおいしいと評判のレストランで夕食を食べて帰った。

二回目のデートは東京まで行き、シュラスコを食べた。ブラジル音楽の軽快なリズムが流れる騒がしい店内で、サンバの衣装を着た店員に、鉄剣に巻かれた肉を切り落として皿に載せてもらった。芦川さんは「すごいすごい、わたし一人じゃ絶対来られなかった」とはしゃいでいた。

三回目のデートの場所は、二谷のマンションの近くにある居酒屋だった。年配の夫婦が二人でやっている古い店で、酒の種類は少ないが、瓶ビールを手酌で飲みながら晩飯を食べるのには都合がいい。店内のテレビではだいたい巨人戦が流れていた。週に何度かそこで晩飯を食べていると二谷が話したところ、芦川さんが行ってみたいと言うので連れてきたのだった。待ち合わせをした駅前に、芦川さんはグレーのワンピース姿で現れ、フォーマルな装いは丁寧に内巻きにされたセミロングの髪と相まって店では浮いていたが、そもそも、互いの様子を気にする客もいない店だった。

「いつもは何を食べるんですか」

「瓶ビールに枝豆と、焼き魚、だしまき……あと、味噌汁ですかね」

「ほんとうに、晩ごはんだ」

芦川さんは何がおかしいのか面白そうに笑っている。二谷も笑い返すが、内心少しだけ苛立つ。芦川さんのように実家暮らしで、お母さんがごはんを作って待っていてくれているわけじゃないんでね、という言葉が腹の中で喉に向かうわけにもいかずとぐろを巻き、飲み干したビールで洗われてそのまま溶ける。溶けてしまえば、二谷ももうそんな言葉の存在を覚えてはいない。そうして一瞬でなくなってしまう言葉と、その言葉が生まれるきっかけになった感情を、二谷は細やかに忘れていく。

「このだしまき、すごくおいしい」

芦川さんが目を丸くする。その声が、二人で話す用の音量より大きいなと思ったら、芦川さんは二谷の背後に視線を向けて、にこにこしている。どうやら店主のおじさんに笑いかけているらしかった。なんでそんなサービスをするんだよ、と二谷はまた苛立つ。おいしい、おいしい、と芦川さんが繰り返している。二谷は嫌味に聞こえないように明るい声で、そして実際ほんとうに感心してもいたのでそれもにじませた声で言う。

「芦川さんは、ほんと、おいしそうに食べますよね」

「そうですか？」

芦川さんが褒められた時の表情を浮かべる。嬉しそうに見える間と間に、そんなことないです、っていう謙遜を差し込める隙を空けている笑顔。

「食べるのが好きなんですね」

「どうなんでしょう。よりきちんと生きるのが、好きなのかもしれないです。食べるとか寝るとか、生きるのに必須のことって、好き嫌いの外にあるように思うから」

嫌うのも許されないのかよ、と二谷はいつの間にか口の中に溜まっていた苦い唾液を飲み込む。

「おれなんか、こうして居酒屋で食べる日以外はコンビニ飯ばっかりですよ。おにぎりとかパンとか」

ええっ、と芦川さんが目を丸くする。

「それはちょっと、心配です。お味噌汁だけでも作ってみたらどうでしょうか。お湯を沸かして、だし入りの味噌を溶かすだけだし、そこに豆腐と青菜だけでいいから入れて。包丁を使うのが面倒だったら、豆腐なんてスプーンで必要な分をすくっちゃえばいいし、手でくずしちゃってもいいんですよ。青菜も、ハサミでちょん切っちゃえばいいし、ラクチンです。そういう、自分で作ったあったかいものを食べると、体がほっとしませんか」

しねえよ、と二谷は振りかぶって殴りつけるような速さで思う。体がほっとしますよ、ではなく、ほっとしませんかと言ったな、と記憶して、「いいっすねー」と答える。この人に、ぐつぐつ煮えていく鍋を見つめている間、おれはどんどんどんどんすり減っていく感じがしますよ、と言っても伝わらないんだろうと思うと、顎に力が入らなくなる。咀嚼するのが面倒くさい。芦川さんみたいな人たちは、手軽に簡単、時短レシピ、という言葉を並べながら、でも、食に向き合う時間は強要してくる。

そんなことより、今日はセックスをするんだろうな、と頭を切り替える。だしまきに大根おろしを載せて口に運んでいる芦川さんを見つめる。三回もデートを重ねるまで手を出さなかったのは、職場が一緒なので慎重にしなければ後々面倒だからだ、と二谷は思っているのだけれど、実際には二谷はこれまでに同じ支店にいた派遣社員やアルバイトと付き合わずとも寝ることがあったので、それが一番の理由というのは正確ではない。過去に関係を持った女性の誰とももめなかったというわけではないが、だいたいは双方に納得してあと腐れなく離れることができた。今同じ支店で働いていて、お互いに独身で、数年でそれぞれ別の支店に移っていくはずで、と条件だけ挙げればこれまでと同じだが、二谷を慎重にさせたのは、つまり、芦川さんのないがしろにできなさだった。ないがしろにできなさを持つ女が、二谷のタイプなのかもしれなかった。二谷は、頼りない、弱い感じの、優しい女性が好きなのだけど、線が細く小柄で、表情にとげのない女性の中でも、弱弱しさの中に、だから守られて当然、といったふてぶてしさがあると妙に惹かれる。

芦川さんがお手洗いに行っている間に二谷が会計を済ませていると、伝票を持ってきたおばさんから、「さっき彼女さんがわざわざ厨房の方に全部おいしいですって声をかけてくれましたよ」と笑顔で言われて面食らった。先程の店主とのやりとりのように、二谷が見ているところでやるのなら、三回目のデートで感じよく思われたいという意図が汲めてまだ分かるが、見えないところでもそんなふうなのか。面食らったまま、気持ちが途方に暮れていく。自分が手を出そうとしている女は、なんだか、底の見えない感じがする、大切に扱わなければならないタイプの人なんじゃないだろうか。

コンビニで缶ビールとペットボトルのお茶を買って、二人で二谷のマンションへ帰った。ひとつしかない狭い部屋を見渡して、「きれいにしてるんですね」と芦川さんは感心したが、今日は自分が訪ねて来る可能性が高かったから隅々まで掃除をしたのだろうと思っているようにも見えた。二谷はそれに、容易には飲み下せないもやもやした気持ちを抱くのだけど、かといって「今日わたしを連れ込もうと思って、がんばって掃除したんでしょ」と茶化してくる女は嫌いだった。だから芦川さんは正解だった。自分は正解を選んでいる、と二谷には分かっていた。抱き寄せた時、彼の腕の中で芦川さんが小さく、満足そうな息をついた。

*

朝起きると、かすかに頭痛がした。二谷はいつもなら朝は食べないのだが、鎮痛剤を飲むために仕方なく冷蔵庫に入っていたゼリーを胃に入れる。黄緑色の大きなぶどうの粒が口の中で潰れてすっぱい。透明なゼリーのどろどろと一緒に、なるべく噛まずに飲み込んだ。家を出て歩いている間に薬が効いて、痛みがひいていく。

職場近くのコンビニを出たところで、偶然、芦川さんと会ったので、並んで歩き始める。

「昨日、社外研修どうでしたか」

芦川さんに尋ねられ、二谷は「普通でした」とだけ答える。研修の後、押尾さんと二人で飲みに行ったなんてわざわざ言うことでもない。芦川さんは「よかった」とほほ笑んだけれど、二谷は何がよかったのか分からない。研修を真面目に受けていたのがよかったのか。芦川さんはそうですか、と相槌を打つだけでいいところを「よかった」と言うことがよくある。よかった、いいなあ、いいですね、と活用することもあるそれが、芦川さんらしく思えて好ましい。

「あっ、藤さん」

芦川さんが指さす通りの向こう側で、シルバーのSUVが信号待ちをしていた。運転席に座る藤さんはこちらに気付いていないようで、横顔がまっすぐ前を向いている。手を振ってみようかと思っている間に信号が変わって行ってしまう。

「なんだかしかめっつらでしたね」

と、芦川さんが言った。二谷は、しかめっつらというより、ただ一人きりの時の顔をしていただけだと思うのだけれど、芦川さんは「なにか嫌なことがあったんでしょうか」と話を進める。

「奥さんと喧嘩したとか」

「一人の時ってあんなもんじゃないですか。表情なんて、相手がいるから出るものだと思うし」

「えっ、そうですか？」芦川さんが驚いた声をあげて、自分の頬に手を当てた。「わたし、一人の時も表情があるかも」

二谷はどう返していいか分からず、小さく頷く。それから、不愛想だったかと思い、「ほんとですか」と聞き返した。

「なるたけ笑顔でいた方が健康にいいって、聞いたことありませんか。笑っている時だけ体の中でなんとかっていういい成分が作られるんだとか。それでわたし、一人の時もなるべく口角を上げるようにしてるんです。にこって」

芦川さんは唇の両端をぎゅっと上げてみせる。そんなふうにえくぼを作らなくても、芦川さんは今日会った時から常に笑顔だった。二谷は自分の表情を意識する。芦川さんとは反対の方向や前を向いている時にも、自然と口角が上がっていた。いつ芦川さんと目が合ってもいいように顔が準備したのだろう。けれど普段と違った成分が体の中で発生しているとは思えない。

「それって口角を上げるだけで効果があるんですかね。なんかおもしろいものを見て笑う、そういう笑いの感情で生成されるんじゃなくて？」

「さあ。それは分かんないですけど、笑顔でいた方が楽だから」

それって、と二谷が言いかけた時、後ろから原田さんがおはようと声をかけてきた。原田さんに芦川さんの隣を譲り、二谷は前に出て歩いた。時々顔を半分だけ後ろに向けて会話に加わる。前を向いている分、口角がさっきより下がったと自覚する。同時に、鎮痛剤が効いてひいたはずの頭痛が、ほのかに残っているのを感じた。頭の端が、鋭く痛いのではなく重たく鈍い。

仕事の合間に確認してみると、芦川さんには確かにいつも表情があった。だいたいはほほ笑んでいる。パソコンの画面や手元の資料を見ている時も、給湯室で来客に出したティーカップを洗っている時も、小さく口角を上げていた。誰かに「芦川さん」と声をかけられると、その口角がぐっと上がって、目がぱっと開かれる。笑っていない時でも真顔ということはなくて、難しい案件に当たった時は苦しそうな、あるいは悲しそうな表情を浮かべていた。眉根を寄せるというよりはむしろ下げて、目の力は見ているこちらが不安になるくらい弱弱しかった。そうして喜怒哀楽を明快に示しているのに、苛立っているところは見たことがない。誰かを睨みつけることも、人に聞かせるためのため息をつくことも、受話器を乱暴に見えないぎりぎり手前の雑さで戻して音を立てることもしなかったし、忙しい時に声をかけられても、まるで聞こえなかったかのように一拍置くことも、パソコンの方を向いたまま暗い声で返事をすることもなく、例のきゅっと口角を上げた表情で、「はいっ」と小さな「っ」まで付けた明るい声で返事をした。

ほんとにいい子よねえ、といつも誰かをほめていないと会話が成り立たないと思っているらしい原田さんが、しょっちゅう芦川さんをほめる。気がきくし、わたしらパートにも優しいし、お菓子作りが趣味だし、かわいいしねえ、いい子よねえ。うちの息子のお嫁ちゃんになってほしいくらい。二谷はそうですね、ほんとうにそうですね、と返していたのだけれど、ある日、藤さんが「原田さん、いいかげんにしとけよー」と笑いながらいなした。原田さんは気を悪くしたようで、顔を不機嫌にゆがめながら「おせっかいだったかしらね」と口をとがらせた。

原田さんは押尾さんのこともほめる。芦川さんと同じようにいい子だと言うことはあったけれど、それより圧倒的に多いのは「さすが、学生時代にチアリーダーやってただけのことはあるわ。九州大会優勝チームの！」というものだった。押尾さんは高校でチアリーディング部に所属していたらしい。藤さんが、「あのすっごい短いスカートで応援するやつだろ」とにやにやして、原田さんが「気持ち悪い」と睨み、押尾さんが「もう昔の話ですから」と会話を切り上げるように冷めた声で言い、芦川さん

「でも、すごいよねえー」と柔らかく伸ばした語尾で、あちこちにとっちらかった感情や気分をひとまとめにほんわりと総括するところまでが、ひとセットのやりとりだった。

二谷は床に座ってベッドサイドにもたれ、台所に立つ芦川さんを眺めていた。包丁でにんじんを切っている芦川さんは、口元だけほほ笑んでいる。食材に向けられる目が真剣なので、普段の仕事中よりもりりしく見えた。

「何作ってるんですか」

「とうもろこしの炊き込みご飯と、あと、アジも焼きますね」

それのどこににんじんを使うのか分からなかったが、頷いておく。にんじんなんて、カレーを作る時しか買わない。他にどう使っていいか分からない。出来合いのサラダにも入っていないので、そういえば最後に食べたのがいつか思い出せない。トマトとレタスは時々食べているし、かぼちゃはこの間フライチップスが売っていたのを食べた。にんじんは、なんていうか遠い。自分からすごく遠い食べ物だ。

二谷はグラスに注いだ炭酸水を飲んだ。お笑い動画を見たかったが、芦川さんが料理をしている間自分だけがくつろぐわけにはいかないので、スマホでニュースサイトを流し読みしている。時々、気になるニュースがあったら読み上げて芦川さんに伝える。一人暮らしのこの部屋にテレビはない。テレビ番組はあまり見ないし、気になったものはネットで見逃し配信を見ればいいから全く困らないけれど、結婚したらテレビを買った方がいいかもしれないな、とそんなことを考える。こういう時、スマホやパソコンで動画を流して見るのは自分勝手な感じがするけど、テレビだったらチャンネルを選んだのが自分だとしても、必ずしも見たいものが流れるわけではないから、それをつけていても大丈夫な感じがする。二谷はそんなことを考えて、結婚生活の想像へ当然のように芦川さんを当てはめていることに思い至り、一人で静かに動揺するが、結局自分は芦川さんか、芦川さんみたいな人と結婚するのがいいんだろうな、と納得してもいる。

「とうもろこしの炊き込みご飯って食べたことない」

「けっこうおいしいですよ。夏の炊き込みご飯の定番」

二人でいる時、二谷も芦川さんもややくだけた口調になるものの、丁寧語は抜けきらない。職場で変に親し気に見えても嫌だから、呼び方も話し方も大きくは変えていない。二人で話し合って決めたわけではないが、自然とそうなっていた。だから体を重ねる時は言葉少なに、息と、アとかウとか、母音だけのやりとりになる。それがすごく動物っぽくて、二谷にはいい。行為が終わると、芦川さんはシャワーも浴びずにすぐ寝てしまうので、それもよかった。

今日も、とうもろこしの炊き込みご飯と焼いたアジ、にんじんを細く切って酢漬けにしたサラダを食べた後、胃の中身が消化されるより前に抱き合い、まだ二十二時だというのに芦川さんは眠ってしまった。裸の芦川さんが風邪をひかないように、首元まですっぽりと布団をかぶせる。頭だけ出ている芦川さんはよく寝ている。寝顔には表情がなく、造形が崩れて見える。起きて動いている時の方がかわいい。

ベッドから降りて台所に行き、お湯を沸かす。やかんはないので、鍋に水を入れてガスコンロに載せた。鍋の中でぐらぐらと湯が躍る音がなるべく小さくなるよう弱火にしているので、沸騰するのに時間がかかる。時々ちらちらと、芦川さんが起きてしまわないか視線を遣って確認する。部屋の明かりは消して、台所のシンクの上の明かりだけ点けているので、芦川さんの顔に斜めに光が射している。いびきをかかない人なので、ほんとうに眠っているか寝たふりなのか分からない。

沸騰したお湯をカップ麺にそそぐ。台所に立ったまま三分待たずに蓋を開けると、たまらない匂いが湯気の形をして暗い天井へ昇って行った。そこに顔を突き出して、鼻からめいっぱい吸い込む。吸い込んだ空気の分だけ胃の中が広がる。ずるずると一気に食べてしまいたかったが、芦川さんを起こしたくないので、ちろちろと静かに食べる。片手でスマホをいじりながら、八割ほどを食べてようやく、晩飯を食べた、という気がした。初めて二谷の部屋に来た日、芦川さんが冷蔵庫の上に積まれたたくさんのカップ麺を見て、「こんなにたくさん」と目を丸くしていた。芦川さんはカップ麺とか食べなさそうですね、と二谷が言うと、「そうですね、あんまり」となぜだか困ったような顔をして答えていた。そういえば実家ではカップ麺食べさせてもらえなかったな、と二谷は思う。

気が満たされ、腹はそもそも減っていなかったけれど、残すと明日芦川さんに気付かれてしまうので、仕方なく残りも全部胃に収める。汁は最後に一口だけ飲んで、後は流して捨てた。汁を流した上から水道水をたくさん流して、匂いも逃がす。カップ麺の容器を水ですすいで、ゴミ袋に入れた。ゴミ箱はないので、四十五リットルのゴミ袋の口を広げて、直に床に置いている。中には、芦川さんが料理に使った魚のパックや野菜の袋、にんじんの頭やたまねぎの皮が入っていた。コンビニで弁当を買う時よりゴミが出る。カップ麺の容器を割り箸でなるべく奥へ押し込む。パキン、と地層の下でプラスチックの割れる音がした。その音の鋭さにはっとして芦川さんを見るが、芦川さんは目を瞑ったままでいる。二谷は耳を澄まして、相変わらず聞こえないいびきの代わりに、すうすうというかすかな息遣いを確認し、押尾さんはちゃんといびきをかきそう、となんとなく考える。

　今日、スーパーからの帰り道で、芦川さんが「猫っ」と弾んだ声を上げて、道の先を指さした。灰色の猫が歩道の隅を歩いていた。

「よく気付きましたね。けっこう離れてるのに」

　二谷が言うと、芦川さんは視線を猫の方に向けたまま答える。

「動物好きなんです。こうして道を歩いていると、猫とか、つい探しちゃう。ほんとは犬派なんですけどね」

「そうなんだ。おれも犬が好き。子どもの頃、飼ってました」

「ほんとですか？　うち、飼ってますよ。雑種で、このくらいの、」とLサイズのスーパーの袋を持ち上げて見せる。芦川さんが持っている方の袋は重たくないものを入れていて、スナック菓子や二谷が一人で食べる用のカップ麺でぱんぱんに膨らんでいた。「大きさで、ムコスケっていうんです」

「ムコスケ」

「そう。保護犬だから誕生日は分からないんですけど、今年で十歳。かわいいです」

「いいな」

と答えてすぐ、芦川さんから「今度見に来ますか？」と誘われるだろうかと身構えたが、芦川さんは「犬派同士で気が合いますねえ」と言っただけだった。灰色の猫はいつの間にかいなくなっていた。

カップ麺の痕跡がすっかりなくなったのを確認して、寝息を立てる芦川さんの隣に入り込む。芦川さんの寝息が止まり、起きたのかもしれないが何も言わないので二谷も声をかけない。芦川さんに背を向けて画面の光が届かないように気を付けながらスマホをいじる。かわいくて、優しくて、料理が上手で、体の相性も悪くはなくて、犬が好きで、家族仲が良好な、年上だけど年下みたいな感じがして、多分一生、何歳になっても年下のふるまいをする人。これまで好きになって付き合った人たちの顔を思い浮かべる。その誰とも似ていた。

*

芦川さんが早退したのは十四時頃だった。前触れもなくそろりと立ち上がった芦川さんが藤さんのところに行き、藤さんが支店長に声をかけて、芦川さんはいつものように帰って行った。

芦川さんと共同で進めていた契約書の作成がストップしたので明日の稟議回付は間に合わないかもしれないと藤さんに相談すると、仕方ないよね、と言われた。きみ一人でできないなら仕方ないよね、と言われているみたいだった。ですが、でも、という言葉が出そうになったが飲み込む。代わりに、「申し訳ございません」と謝った。その声が自分でも驚くほど尖っていた。藤さんがため息をつく。しんどそうにする。芦川さんの早退の話は労わるようにほほ笑んで聞いていたくせに、とむかつく。むかついても仕方ないと分かっているのにむかつく。平等に扱われるなんてことは無理だ。会社の上司は特別な訓練を受けた教職者ではないのだから、えこひいきをする。

誰でもみんな自分の働き方が正しいと思ってるんだよね、と藤さんが言った。無理せず帰る人も、人一倍頑張る人も、残業しない人もたくさんする人も、自分の仕事のあり方が正解だと思ってるんだよ。押尾さんもそうでしょ、と言われて言葉に詰まる。

「どうしようもないでしょ。できない人……いや芦川さんのことを仕事ができないとは思ってないけど、それ以外の、まあしんどいこととかができない人は一定数いるわけで、だからってクビにできないでしょ。いや知らんよ他の会社がどうしてるかはね。でも、うちくらいのまあまあ大きい会社でそういうことできないでしょ。いろんな人がいるのは織り込み済みでしょ。芦川さんなんか、いいじゃん、全然いい。前の支店で一緒だった真木さん。四十半ばくらいの男の……、押尾さんも聞いたことあるかもしれないけど、あ、知ってる？　ね、ひどかったよ。花粉症がしんどいので休みます、肩こりがつらいんで休みます、気圧低くて体がだるいので帰ります、ってしょっちゅう。そんなのみんな、みんなしんどいけど我慢してることじゃんか。で、二言目には権利。働く者の権利。クオリティオブライフ。自分を守れるのは自分だけ。いやさあ、言ってることは分かるよ。っていうかおれもそうしたいよ。でも、じゃあ自分を大事にって言って帰った人の分の仕事は誰がやるんだっていう。花粉症なんてあの時期みんなつらいわけ。で、花粉症がつらいって帰った人の分を、別の花粉症の人がやるんだよね、無理して、残業して。しかもこれがだいたい手つかずか、にっちもさっちもいかない状況で止まっててね。真木さんて結婚してて、確か子どももいんのよ。二人。奥さんは専業主婦らしくて。信じられねえよなあ。なんか。信じらんねえ」

その真木さんという人と芦川さんとなにが違うのか、わたしには分からなかったけれど、藤さんの言う、みんな自分の仕事のあり方が正しいと思っているというのは腑に落ちた。芦川さんは無理をしない。できないことはやらないのが正しいと思っている。わたしとは正しさが違う。違うルールで生きている。

定時を過ぎて、一息入れようと給湯室でコーヒーを淹れていた二谷さんを飲みに誘った。二十時過ぎに二人で上がる。ばらばらに出て店で合流しますかと言うと、二谷さんは「なんで。一緒に行けばいいじゃん」と眉をひそめた。職場の先輩と後輩が仕事帰りに飲みに行くのに、なんでわざわざ隠れるような感じにしなきゃいけないの。そう言われたわけではないけれど、鼻先を指で小突かれたような心地がした。

二人で同時に立ち上がり「お先に失礼します」と挨拶すると、胸を机に近付けてパソコンを睨んでいた藤さんがぱっと体を起こして、「なんだよ、二人で飲みに行くの」と絡んできた。うざいなと思っていたら、二谷さんが「そうですよ。たまにはと思って。藤さんも来ます？」と言ったので、えっ、と声を出してしまう。藤さんが、「押尾さん嫌そうだなー。傷つくわー。行っちゃおうかなー、なんて、うそうそ。若者の邪魔しないよ。晩飯用意されてるしな。おれもそろそろ帰らんとかみさんに怒られるわ」と顔の前で手を振った。それを合図に「お疲れさまです」と言い合い、そそくさと出た。

並んで歩きながら二谷さんが、押尾さんさ、と顔をしかめる。

「態度に出すぎだから。藤さんは当日いきなりの飲みは全部NGの人だから誘っても来ないんだって。嫌でも嫌だって顔しないでよ」

わざとらしくばかにした口調に、妙にうれしくなり、「だって嫌だったんですもん」とこちらもわざと幼い言い方で返す。

職場から歩いて十分ほどの場所にある焼き鳥屋に入った。ベトナム人の一家がやっている店で、焼き鳥屋だけどサイドメニューにフォーやバインミー、ココナッツジュースなんかがあったり、「お通しはパクチーのサラダですが、苦手だったらパイナップルにします」と確認されたり、その雑多な感じがおもしろく、時々通っている。そういえば芦川さんとも来たことがある。入社したばかりの頃、昼休みにバインミーを二人で食べた。今度は夜飲みに来ましょうよ、と言っていたけどこれまでに実現はしていない。

生ビールで乾杯して、串焼きの盛り合わせを頼んだ。パクチーのサラダをつつきながら、二谷さんが「なんかあって誘った？　それとも飲みたい気分だっただけ？」と直球で聞いてきた。こういうところがいい。

「飲みたい気分だっただけです。芦川さんが帰っちゃった分、仕事が増えて、まあ小っちゃいやつだけで、もう片付けちゃいましたけど、あれがなかったら十九時には上がれたなーとか思って。余分に働いた分の残業代で飲みたいなって」

「あれ、おごってくれんの」

「いいですよ？」

「うそだよ。後輩におごらせたりしない」

二谷さんがビールジョッキを傾ける。相変わらずペースが速い。

「頭痛薬飲めよって、思いません？」

「芦川さんのこと？」

焼き鳥が運ばれてくる。ほどかなくていいよね、と二谷さんが確認して手を伸ばす。わたしもタレのいい匂いがする串を一本持ち上げて頬張る。

「片頭痛がしんどいから帰りますって、それ言うなら、わたしも片頭痛持ちですよ。雨が降る前とかしょっちゅう頭痛くなるから、職場の引き出しに頭痛薬置いてます。頭痛いくらいで帰られちゃ仕事になんなくないですか。誰も言わないけど」

「言えないでしょ、頭痛くても帰らないでくださいとは、今どき」

「でも、思ってるでしょ、みんな」

「まあね」

二谷さんも芦川さんが残していった仕事を片付けていたはずだ。請求書が届いていない業者への督促の電話が何件か。細かい仕事だけど、頻繁に流れてくると面倒くさい。ほんとうに請求書がきていないのか、いつまでにくるはずだったのかを調べてから連絡するわけだけど、自分の元々の担当ではないからその確認だけでちょっとした手間になるし、連絡して、すみませんねえなんて世間話をして、いついつまでに到着予定と記録を残す。それだけのことでも、三件、四件と処理していたら小一時間になる。

自分の仕事で残業するのと、他人の仕事で残業するのはなんか違う。違うっていうのは、しんどさが。体のしんどさではない。では心のかというと、あれやっぱり体のかもと思う。肩の後ろ側から背中の方にかけてだるい。だるさは下に降りていって、腰までくると前側にまわってきて腹の脂肪の溜まっている辺りに留まる。肉をつく。これが不満かと思う。あと四十年くらい、ここで働くかもしれない人生のことを考える。そのうち別支店への転勤はあるだろうけど、どこに行ったって芦川さんのような人はいること、その人たちと一緒に働く日々が続くこと、あと何日、何時間、肩代わりする仕事があるんだろうということ。

体調が悪いなら帰るべきで、元気な人が仕事をすればいいと言うけれど、それって限られた回数で、お互いさまの時だけ領けるルールのはずだ。結局我慢する人とできる人とで世界がまわっていく。世界。この世界。わたしが生きて手の届く範囲の世界。

「あー出世したい」

二谷さんがぎょっとした顔で「まじで？」と言う。

「うーん、なんか、こんな感じで働き続けるならせめて出世したいなーって思いますけどね」

でも出世するということは管理職になるということで、管理職になると部下を管理しないといけないわけだけど、そうしたら片頭痛でしんどいと訴える人に薬を飲んで仕事をしろなんて絶対に言えない。管理責任を問われる。職場でも言えないし、立場的にこうして飲みの席でも言えなくなる。

「芦川さんにいろいろ、言えないからいじわるするの？　ていうかしてるの？　あんま分かんないんだけど見てて」

「してますよ。いじわる、っていうか普通のこと」

「普通って？」

「みなさんは芦川さんに優しくしすぎるじゃないですか。わたしは普通にしてます。過去資料の整理は芦川さんじゃなくてパートさんにお願いして、業者とのもめごと対応とか条件交渉とか、そういう本来社員がやるべきことを、ちゃんと芦川さんにお願いしてます。正直、パート歴が長い原田さんにお願いした方が確実なんですけどね」

芦川さんにはしんどくなりそうな仕事をさせないっていうルールがある。明文化されていない、空気を読んだ先にあるルール。そこからそっと外れるだけだ。これ、お願いします。と仕事を頼むと、芦川さんは首を小さく傾げて不安そうにしながら「うん」と言う。不安に揺れる瞳は魅力的で、助けてあげてしまいたくなる。かわいそうでかわいい。

わたしは彼女のことが嫌いでよかった。かわいそうなものは、かわいければかわいいほど虐げられるから。そうやってわたしが悪者側にならないといけないのも腹が立つ。仕事ができない人が、同僚に仕事を任せる人が、どうして被害者のように振舞えるのか。二谷さん、芦川さんと付き合ってるらしいよ。トイレで二人きりになった時に、原田さんが釘をさすように耳打ちしてきたのを思い出す。余計なお世話。あの人、いつも、自分だけが真っ当にあったかい人間の代表みたいな顔して、守りやすいものに優しくして満足してて、むかつく。

「二谷さんの部屋、遊びに行きたい」

二谷さんが飲み干して空になったジョッキに手を伸ばし、意味なく持ち上げながら言ってみる。ジョッキの側面にびっしり浮いていた水滴が垂れて大きな玉になり、ジヨッキの底で半円を描いてから下に落ちる。テーブルに広がったその小さな水たまりを、二谷さんの人差し指が掻いた。

「来てもいいけど、おれ、同僚とは寝ないよ」

「職場恋愛はしないって決めてるんですか？」

「だって不純な感じしない？　職場のフィルターがかかった恋愛なんて」

わたしはうすく笑う。この人は知られていないと思っているのだ。

「ちょっと分かります」

「ちょっとって。どう分かるの」

「周りの評価がどうしたって聞こえてきて、純粋に自分だけの判断で選んだり選ばれたりしているかって言われると、違うかなと思うから。すごくいい人でも、仕事が全然できなかったらなんか、やですし。そういうことでしょ？」

「どうかなあ」

二谷さんの人差し指に自分の人差し指を絡める。二谷さんの指は、第二関節までまだらに濡れていた。その水をわたしの指に移すように絡めるのだけど、絡めているうちに少しずつ乾いてしまう。それならこのまま乾いてしまえばいい、全部。そう思っていたのに、二谷さんが「あーあ」とつぶやいて、自分のお手拭きでわたしの指も自分の指も拭いてしまった。お手拭きは焼き鳥のタレを拭いた跡が茶色に残っていた。そのしみとは全然関係ないのに、芦川さんの顔が頭に浮かんだ。

本が好きなんですね。部屋に入ってすぐにそう言うと、二谷さんは驚いたような、警戒したような顔付きになって「なんで」と眉をひそめた。なんでも何も、道路に面した窓の下に、文庫本がたくさん並べてあったからだった。わたしは指をさして「それ」とだけ答える。文庫本が表紙を上向きに三十冊くらいずつ積まれて、壁に沿って横一列にずらりと、それぞれを支え合うように並んでいる。本のタワーの上には、ティッシュの箱や開いたままのノートパソコン、エアコンのリモコン、病院の診察券やポイントカードの束、ツナやサバの缶詰なんかが置いてあった。下にある本が読みたくなって抜いて、高さのバランスが失われたら大変そう、と思う。「単行本はないんですね」と言うと、二谷さんは眉頭に力を入れたまま、「高いから」と警戒が解けようとしている途中の静かな声で答えた。

簡単な部屋だった。一人暮らしの1K。わたしの部屋と同じ間取り。玄関を入ってすぐ狭い台所があって、それに向かい合ってトイレと風呂場が、奥に八畳ほどの部屋があった。右側の壁に寄せて置かれたベッドは二谷さんが抜け出したままの形で乱れている。ベッドの脇に一人分のごはんを並べたらすぐいっぱいになりそうなローテーブルがひとつ。上にスマホの充電器が載っている。家具はそれだけで、見渡すと、キッチン側の壁に扉の閉まったクローゼットがあった。

荷物を脇に置いて、本タワーの前にしゃがみ込む。現代作家の本が多いみたいだった。芥川賞を取った人の本もあるし、全然聞いたことのない名前の人の本もある。

「押尾さんも本が好きなの」

「うーん、はい、かなあ」

「なにその言い方」

「好きは好きなんですけどあんまり詳しくなくて。今はひと月に一冊くらいしか読まないし。高校のチアリーディング部で仲よかった子に、文芸部も兼部するくらい本が好きな子がいて。めっちゃ本読んでて、詳しかったから、それに比べたら本が好きとか言えないなあって」

「別に人と比べなくても、いいんじゃないの。人んち来て最初に本に目が行って、座り込んで眺めるくらいには、本が好きってことでしょ」

話しながら、二谷さんが冷蔵庫から缶ビールを出してくる。まだ飲むんですか。しかもビール。と呆れながらも受け取り、二人同じタイミングでタブを引いて開ける。

「本が好きで気になったっていうより、二谷さんのことが知りたかったから見てたんですよ。二谷さんがどんな本読むのかなってのが気になって。だからやっぱり本好きを自称はできないと思います」

「変に真面目だなあ」

二谷さんのことが知りたくて、の部分をあからさまにスルーされてしまったな、と悔しく思うのだけど、思いながら、わたしって二谷さんが好きなんだっけ落としたいんだっけと分からない。分からないけど、これまでしてきた恋愛だって好きかどうかなんて考えないまま、手をつなげそうだからつないでみて、キスができそうだからして、流れに乗って体を重ね、結果として付き合いが始まったり続いたりしてきたから、今回もそれと同じなのかもしれない。いつも、流されてそうしているというよりは、その流れを自分で作っている。流れは簡単に作れる。簡単に作れるから、簡単に変わりもする。

二谷さんは手で、というより壁に沿って積んだ文庫本をわざと流れの先に置いて、勢いを殺しているみたいだった。でも、それでいいなら都合がいい。性行為なしで関係が築けるならその方がいい、その方が心地いいのだと、突然気付いて動悸が速くなる。

お酒は今開けたビールで最後にして、後はさっきコンビニで買ったお茶を飲んで、タクシーを呼んで帰ろうと心の内で決め、いつの間にか両手で握り締めていた缶ビールをあおる。と、二谷さんと目が合った。その色のない目に嫌な予感がし、先に口を開こうとしたが喉を降りていくビールに阻まれる。

「やっぱりする？」

そんな台詞を吐くなら、それに見合う顔をしてほしい。

湧き上がる性欲を抑えつけた男の真剣な眼差し。あの偽物の真剣さがほしかった。二谷さんはぽんっと言葉を落としたまま、視線は壁際に並んだ本に向けている。この人が何を考えているのか分からない。したそうに見えない。嫌です、と言っても傷つきもしなそうだし、その逆に安心するわけでもなく、ただ受け流すだけのような、心をここに持ってきていない感じがする。持ってきていないのなら、どこに置いているのだろう。そう思いをめぐらせ、並べられた本に惹かれた理由が分かった。体を寄せ合う。

予想に反して、二谷さんの手つきは丁寧だった。もっとおざなりな、心ここにあらずといった行為が似合う人だと思っていたけど、肌に触れる手つきは優しく、わたしの反応を逐一確認しながら進めていた。臆病ともいえるくらいの丁寧さは、よかった。よくて、わたしの方が乱暴にならざるを得なかった。二谷さんの首筋に歯を立てると、二谷さんが「痛っ」と声を上げ、その声の平坦さに怯む。裸の背中に回していた手を腰まで下ろし、股間に触れると確かに熱を持って膨らんでいるのに、ずいぶん冷たい声だと思った。

ふと、ここまでくらいがちょうどいいかもしれない、と思って体を離してみる。二谷さんにはすぐ通じたようで、わたしの体のあちこちをいじっていた手を浮かせて、「止めとく?」と尋ねた。頷いて返した。二谷さんが布団からするりと抜け出て行く。ベッドに横たわったままぼんやりしていると、二谷さんが「ラーメン食べる?」と聞いてきた。いつの間にか上半身にTシャツを着ている。

「今ですか? 二谷さん食べるの? 太りますよ」

わたしはいらないです、と体を起こしながら手を横に振る。二谷さんは冷蔵庫の上にたくさん置かれたカップ麺のうちのひとつを手に取り、鍋に水道水を注いで火にかける。下着を穿いただけの下半身が無防備に細い。あの脚に挟まれていたのだ、と今度は自分の体に意識が向かい、服を着るために起き上がろうとした時、二谷さんが「やっぱり止めた」と言った。きっぱりした宣言だった。一瞬、わたしと寝ることについてかと思ったが、二谷さんを見ると、カップ麺を冷蔵庫の上に戻すところだった。外包装のビニールは破いてしまったらしく、ゴミ袋に捨てている。あの包装は確かうちの会社で作っているものだ、と思ったが話題にはしない。

「食べないんですか」

「うん。なんか、食べたい気がしたんだけど、そういえば今日の夕飯は居酒屋料理だったなと思い出して。パクチーとかパイナップルとか食べたから、頭の中でバグって、家できちんとしたものを食べた気になってた」

　カロリーを気にして止めたわけではないらしい。話を突っ込もうと思ったが、ちょうどブラジャーを着け直し、胸の肉を左右から寄せて形づくっていたところだったので「そうですか」と相槌だけになる。二谷さんに背中を向けて床に落ちていた服も着た。シャワーを浴びたかった。明日も仕事だ。スマホを確認すると、いつも布団の中で聞くラジオ番組が始まる時間だった。

「お湯わいた」

　せっかくだから、と二谷さんがお茶を淹れてくれる。狭いローテーブルにマグカップが二つ並ぶ。紅茶のティーバッグがひとつずつ浮いていた。

「わたし、家だと一個のティーバッグで二杯淹れちゃいます」

「おれも普段はそう。ティーバッグ入れっぱなしにして、三杯とか四杯とか飲む。今日は、丁寧にしてみた」

「もてなしてくれてるんですか」

「押尾さんて何学部出身だったっけ？」

二谷さんが唐突に話題を変える。

「観光学部です。なんですか、急に」

「観光学部ってなにするの」

「地域振興を考えたり、観光地のパンフレットを作ったりしました。卒業研究はゼミで、二十人くらいいたんですけど、みんなで瀬戸内海にある人口百人の島に数週間ずつ交代で、二年間住んで、新しい観光資源を作って、発信するっていうのをやりました」

「へえ。なんか、生産的」

褒めているらしいけれど毒を感じる言い方だった。中和したくて一気に話を続ける。

「自分も九州の田舎出身なのに、その田舎のことは見捨てて、別の田舎の観光開発って、矛盾してましたけどね、自分の中で。だからですかね。有意義だったし充実してたけど、消化しきれなくて、観光系の企業は受けませんでした。同級生はほとんど観光関連の仕事に就いたんです。何人かはそのまま瀬戸内の方に残ったりもして」

二谷さんはティーバッグのひもをつまんで上げ下げしている。

「二谷さんは確か経済学部でしたっけ」

二谷さんの歓迎会で誰かと話しているのを聞き、ぽいなあと思って覚えていたのだった。二谷さんがティーバッグをそれぞれ取り出して、ティッシュにくるんでゴミ袋に捨てた。

「ほんとは文学部に行きたかったんだけど、男で文学部なんて就職できないって言われて、まあそうなんだろうなと思って、本を読むのは好きだったけど研究したいかって言われたら分かんなかったから、経済学部に入った。別に経済の研究がしたいわけでもなかったけど、しなくても卒業できたし」

マグカップの一つを手に取るけれど、熱くてまだ飲めない。自分の方に引き寄せる。湯気を引き受けるみたいになる。

「その頃付き合ってた彼女が、小説とか全然読まなかったんだけど文学部に入って、案の定女子ばっかだよとかいう話聞いたら入らなくてよかったなーって思ったんだけど、彼女の部屋遊びに行くと文学史とか文学論の本が並んでて、指定教科書で買わなきゃいけなかったって言ってて、そのうち小説も増えて、それもやっぱり授業で使うから買ってて、ベッドの頭のとこの簡易本棚に並べてあって、だから、彼女が下になってておれが上になって、してる時、彼女の頭の上に本があって、どうしてもそれが目に入るんだよね。それで、おれの汗が、並んでる本に飛んでいくのが見えて、本の上側んとこに染みて、ほんの数滴だからしわになるとかもなくて乾くし、彼女は天井の方向いてるからそんなん気付かないじゃん。おれだけが、乾いた後もあそこに汗飛んだなあとか思ってるの。二年になって、彼女の本がどんどん増えて、ベッドの簡易本棚だけじゃ収まり切らなくなって、床にタワーみたいに積まれるようになった頃に、やっぱりおれは文学部に行けばよかったなって思って、そしたらなんか、彼女のことも嫌になって。今思うとあれは、自分のことが嫌になっただけなんだろうけど、その時はこいつ何真面目ぶっていちいち教科書買ってんだよとか難癖つけるみたいにいらいらして、それで、別れたんだよなあ」

酔ってます？　とわたしが尋ねると、二谷さんは「おれはあんまり酔わない」と答えて、紅茶をごくごく飲んだ。熱いのが平気な人なんだなと思って、わたしも口を付けてみると、案外飲めた。

マグカップに五分の一ほど残した紅茶がぬるく冷めた頃に、タクシーを呼んで自分の部屋に帰った。タクシーの中で、二谷さんが学生時代に付き合っていたという文学部の彼女は、芦川さんに似ているんだろうな、と決めつけのように思った。それから、やらかしちゃったかな、とちょっとだけ反省する。でもちょうどいい。最後までやらなかったのはちょうどいい。多分これからも二谷さんとはしない。だから迷わず、仲良くなれる。

＊

芦川さんが差し出しているのはマフィンだった。

「昨日はすみませんでした。時々、頭痛薬を飲んでも治まらないくらい、頭が痛い時があって。帰って、もう一回薬を飲んで寝たら治ったので、作ったんです。よかったら召し上がってください。仕事、代わっていただいて、ありがとうございました」

ピンク色の花の絵がプリントされた半透明のビニールと黄緑色のリボンで包装された握りこぶし大のそれを、二谷は片手で受け取ろうとしたが、なんだか失礼なように思い、パソコンのキーボードに載せていたもう片方の手も伸ばし、両手で受け取った。ありがとうございます、と口にする。気にしなくていいのに、とも。

それは二谷の口から出た言葉ではあるけれど、芦川さんが二谷の机にまわってくるまでに、支店長のほか、何人かの上司の席から聞こえてきた台詞でもあった。もう食べ始めている人もいる。うまいなあ、と実感のこもった声を上げているのは、藤さんだった。芦川さんがそちらに顔を向けて、うふふ、とにっこり笑ってみせる。

「おれは、これ、昼飯の後にもらいますね」

二谷はそう言い、マフィンを机上の左端、電話機の陰に隠すように置く。芦川さんは深く頷いて、右腕に下げた紙袋から次のマフィンを取り出すと、押尾さんの席に向かった。芦川さんの背中越しに、押尾さんと一瞬目が合う。その顔は、芦川さんを迎えるためにぴったりした笑顔に整えられていた。芦川さんが使い慣れた台詞で昨日の体調不良を詫び、マフィンを手渡すと、押尾さんが「すごーい、わたしこんなの作れない。おいしそー」と、他の人たちに聞こえるように言う。藤さんが「女の子でもなかなか、今どきお菓子まで作れる子はいないよなあ」と返し、「そうですね。わたし、大学からずっと一人暮らしなのでごはんは作りますけど、お菓子作りはできないです。時間がないし」と押尾さんが受け、ほんとすごーい、と今度は芦川さんの方を見て付け加えた。

「全然、難しくないんです。ほんと、すごくなくて、簡単なのを時々作るんです」

芦川さんはパートさんたちにも次々マフィンを配り、全員に配り終えると自分の机にもひとつ置いた。空になったらしい紙袋を畳んで引き出しにしまう。部屋の中に甘い香りが広がり、あちこちでうまいおいしいと声が上がっている。押尾さんを見ると、マフィンの包装を解かないまま机に置いていた。二谷のように机の端に寄せて置いているのではなく、パソコンの真ん前に鎮座させている。顔は笑顔のままだった。二谷の視線には気付いているようだったが、もう目は合わなかった。尿意を感じて、席を立つ。

トイレから出た後、短い廊下を歩く間にスマホを取り出して見たら、メッセージが届いていた。

〈本屋大賞取ったやつ、読んだ人いる?〉

大学の副専攻ゼミのグループラインだった。興味のあるテーマのゼミに、学部学科を越えて三年生の一年間だけ所属して活動するというもので、卒業要件ではなかったので取らなくてもよかったのだけど、文学ゼミがあったので参加したのだった。毎週顔を合わせていたのはたった一年だけだったのに、ラインでのやりとりは卒業して六年経った今も続いている。

〈読んでない。よかった?〉

画面を開いている間に別のメンバーからコメントが入り、またすぐに〈かなりよかった。さすが大賞〜って思った！〉と返信が届いた。

　その本を二谷は読んでいなかったし、本屋大賞を取ったことも知らなかった。でもタイトルと作者名は知ってる、と胸の内で張り合う。ぶるぶると振動し続けるのが嫌で通知を切って、スマホを胸ポケットに戻す。定期的に本の話が飛び交うこのグループラインに、二谷はもう長い間一言も反応を返していない。飛んでくる会話には全部目を通している。いつここから外されるだろうか、とずっと思い続けているが外されない。二谷がいてもいなくても、みんなが好きに本の話を続ける。

　本が好きならこうして、趣味で続ければいい。文学副専攻ゼミのメンバーは、全員が文学部以外の所属だった。経済学部や法学部や理工学部を卒業して、仕事も文学には関係のない業種に就いて、ただ好きなものとして関わり続けている。これが普通だと二谷も思う。思うのだけど、同じ会社で文学部出身者がいると穏やかでいられなくなる。就職するのに有利なのは経済学部だろうと考えてこっちを選んだ。だけど他支店の同期にも、先輩社員にも後輩社員にも、文学部出身者は珍しくない。大学を選んだ十代のあの時、おれは好きなことより、うまくやれそうな人生を選んだんだなと、おおげさだけど何度も思い返してしまう。その度に、ただ好きだけでいいという態度に落ち着かなくなる。好きより大事なものがあるような、好きだけで物事を見ていると、それを見落としてしまうような気がするし、そうであってほしいと望んでもいる。

立ち止まった廊下で、壁に張られた社内報の、岡山にできた新社屋を紹介する記事が目に入る。「屋上ガーデンの素晴らしさ」という見出しに苛立つ。「素晴らしい屋上ガーデン」ではなく、屋上ガーデンの素晴らしさ。素晴らしさってなんだよ。ほとんど揚げ足取りのように発生した怒りは、けれど確かに熱を持って腹の底から湧いてくる。

席に戻り、昨日芦川さんが早退する時に置いて帰った会議資料にもう一度目を通して、グラフをいくつか作り直し、議題の順番を変えた。昨日、押尾さんが話していたことはよく分かった。知っている感情だった。弱いと思われたくない。それ以上に、できないと思われたくない。人並みにできていると、あるいは、人並み以上にできると思われていたい。みんなに。しようもない承認欲求だとは思わない。会議資料作りなんて誰がしたいだろう。このグラフを作るために生きたい人がいるだろうか。みんながみんな、自分のしたいことだけ、無理なくできることだけ、心地いいことだけを選んで生きて、うまくいくわけがない。したくないことも誰かがしないと、しんどくても誰かがしないと、仕事はまわらない。仕事がまわらなかったら会社はつぶれる。

そんな会社つぶれたらいいというのは思考停止がすぎる。そう思う。けれど、頭が痛いので帰ります、と当たり前に言ってのける芦川さんの、凜然とした顔色の悪さは真実だとも思う。

一度廊下に出たことでリセットされた嗅覚に、部屋に漂う甘い匂いがもったりと厳しく飛び込んでくる。ほんとおいしい、ありがとう。まだ、誰かがそんなことを言っている。電話をかけようと受話器に手を伸ばし、その陰に置いてあるマフィンに指先が触れる。

「みんな、喜んでくれてよかった」

芦川さんはそれから時々、手作りのお菓子を持ってくるようになった。

芦川さんは金曜の夜、二谷のマンションにやって来る。部屋着にしている柔らかい素材の丈の長いワンピースに着替えて、「じゃあ、晩ごはん作っちゃいますね」と言って台所に立つ。二谷は毎回「コンビニでいいじゃん」という言葉を腹の底に飲み込む。三杯酢につけたきゅうりとシラス。香味だれのかかった鶏のからあげ。揚げ茄子の入った味噌汁。一口しかないコンロの前で、芦川さんは慣れた手つきで複数の料理を作り、その合間に調理器具の洗い物まで済ます。二谷も初めの頃は手伝おうとしたが、「逆に邪魔なので」と言われるのを真に受けて引き下がり、ベッドに座って、かちゃかちゃ食器同士がぶつかる音を聞いている。

一時間ほど経った頃、芦川さんから「ビールとお箸出してください」と声をかけられて、対戦中だったスマホゲームを途中で投げ出して立ち上がる。ベッドの上に置いたスマホの暗くなった画面の下で、世界のどこかの誰かと戦っている途中だった二谷の戦士団は、指揮官を失い、コスト1の雑魚兵をめいっぱい出陣させて負けるだろう。

ローテーブルに缶ビールをふたつと、箸を二膳、冷蔵庫から出した梅干しのパックを並べて、なんだったらこれだけだっていいのにと思う。梅干しとビールだけでいい。腹が減ったら、チンして食べるパックの米もあるし、カップ麺もある。体のために野菜や魚を食べろと言うなら、コンビニにサラダも焼き魚も売っている。芦川さんが料理を運んでくる。ローテーブルに載らない分の皿は、通販で買った革靴が入っていたダンボールの上に置いた。

二人で「いただきます」と手を合わせて食べ始める。二谷はきゅうりをつまんで「おいしい」と言い、からあげをつついて「おいしいなあ」と言い、味噌汁を飲んで「うまい」と言った。

十五分ほどで食べ終わる。仕事から帰ってすぐ、一時間近くかけて作ったものが、ものの十五分でなくなってしまう。食事は一日に三回もあって、それを毎日しなくちゃいけないというのは、すごくしんどい。だから二谷は、スーパーやコンビニに行けば作られたものが売られているんだから、わざわざ自分たちで作らなくたっていいんじゃないかと思っている。思っているけど、それを口にする代わりに「おいしい」と言っている。ただ毎日生きていくために、体や頭を動かすエネルギーを摂取するための活動に、いちいち「おいしい」と感情を抱かなければならないことに、そしてそれを言葉にして芦川さんに示さなければならないことに、やはり疲れる。

箸を置いて息を吐くと、芦川さんが立ち上がって冷蔵庫を開け、「デザートもありますよ」と、一口大に切ったスイカが入ったタッパーを持ってきた。

*

作務衣を着た店主が離れている隙に、二谷さんが「おでんだったら、コンビニで買って家で食べてもよかったか。失敗した」とささやいたので、それは違うと思います、とはっきり言い返した。

「コンビニのおでんもおいしいけど、おでん屋のおでんには敵いませんって。絶対。ほら、トマトのおでんとか、アスパラガスのおでんとか、コンビニにはないし、牛すじもほろほろ」

二谷さんのマンションから歩いて十分ほどの、住宅街の中にひっそりと構えられたおでん屋は、趣がある古民家というよりは単に古いだけの一軒家の一階部分にあって、おでんを煮る横長の鍋に沿うようにして六人座れるカウンターと、四人掛けのテーブルがひとつあるだけの、狭い店だった。風で窓が鳴り、生暖かい外気が足元をなでていく。店は、初老の店主が一人でまわしていた。駅から離れている立地のせいか、単に真夏の今おでんを食べたくなる人が少ないからなのか、客は少ない。カウンターの右奥に詰めて座っているわたしたちの他には、左に二席離れた入口側にワイシャツの袖をまくった男性客が一人で飲んでいるだけだった。

おでんは味がしみていておいしい。関西風だというだしは薄い黄金色のほっとする味で、レンゲで掬う一口だけでは物足りなく、皿に口を付けてごくごく飲みたくなる。変わり種もいいけど定番が一番おいしいのは間違いないな、などと考えながらハンペンをつついた。

「押尾さんっておいしいものが好きな人？」

変なことを聞く人だな、と思いながら首を傾げ、

「おいしいものが嫌いな人なんています?」

そう聞き返すと、二谷さんが暗く笑った。

「おれは、おいしいものを食べるために生活を選ぶのが嫌いだよ」

店主がなにか飲みますか、と声をかけてきた。わたしも二谷さんも二杯目のビールを飲み終えるところだった。二谷さんが三杯目のビールを、わたしが日本酒をグラスで頼んだ。

「おでんが食べたいって日はあるけど、そのためにおでん屋まで行くのは、自分の時間や行動が食べ物に支配されてる感じがして嫌。コンビニにあるならそれで済ませたい。そう思う」

「今日はおでんを食べに来たっていうより晩ごはんどこで食べようかってぶらぶら歩いてて、二谷さんがそういえばあそこにおでん屋があったなって思い付いて来たわけだから、それはいいんじゃないですか? 二谷さんの言う、食べ物に支配された行動には当たらないんじゃ?」

箸を持ったままの手を顎に当てていた二谷さんはしばらく考え込み、わたしが噛みしめるとじゅわっと汁が溢れるチクワブを食べ終わる頃、「今日はセーフだと思う」

と言った。セーフ、という言い方に二谷さんのこだわりを感じ、この感じを引きずるのは面倒だなと思い、もう少し手当てしておくことにする。

「わたし、おいしいものは好きですけど、それは、食べられたらラッキーって感じで、それにめがけて生きてはないですよ。車や電車に乗ってまで遠出して、おいしいもの食べに行く人のこと、全然分からないです。ばかみたいとも思う。だけどこうして、家から歩いて行けるお店で、おいしいものを食べるのは好きです。結局ごはんって面倒でも毎日食べなきゃいけないじゃないですか。スーパー行って献立考えて切ったり焼いたりするのに時間かけて、できたものを一瞬で食べるよりも、こうしてプロが作ったものにお金出して、座っておしゃべりしながら、出てきたおいしいものを食べる方がいいなと思うから」とここで一度言葉を切って息を吸った。「二谷さんも、そうでしょ？」

　話している間に、二谷さんの表情がどんどん柔らかくなっていくので、わたしの口も止まらず、すらすらと言葉を吐いたけれど、それはほとんどが嘘だった。自炊は面倒だけど毎日外食じゃお金がかかるし、胃も疲れる。わたしは休みの日に電車に乗って東京まで行き、おいしいランチを出すと評判の定食屋に並ぶし、食べ物目当ての旅行もする。今年のゴールデンウィークも、チアの友だちと四人で信州のそば屋を巡る旅をしたばかりだった。

分かる、と頷きながらビールを飲み、ジョッキを置いてまた分かる、とつぶやいてみせる二谷さんを、この人は何を憎んでいるんだろう、と考えながら見つめる。おいしい食べ物、料理、自炊。それらは憎むものの結果でしかないような気がする。

二谷さんはおでんも、この間の焼き鳥も、居酒屋料理のあれもこれも、普通に「うまい」と言って食べていたけれど、心底の「うまい」は、確かに生まれ出ていないように見える。ビールが好きでよく飲んでいるのも、ほんとうに「うまい」のかどうかあやしい。飲まざるを得ないだけなんじゃないだろうか。ごはんは、毎日食べている。毎日食べないと死ぬから食べている。

「二谷さんは、ごはんを食べるのが面倒で、でも食べなきゃいけないのが、嫌なんですか？」

尋ねて見つめる、二谷さんの目の奥が暗い。「それの周辺も含めて嫌い」と、二谷さんが答えた。この人を分かりたいという気持ちと、その目のままでいてほしいという気持ちの両方がある。周辺って？　と続けて尋ねる。

「ごはん面倒くさいって言うと、なんか幼稚だと思われるような気がしない？　おいしいって言ってなんでも食べる人の方が、大人として、人間として成熟してるって見なされるように思う」

　二谷さんが箸で器の中のこんにゃくを突く。

「例えば、シーズンごとに流行りの服を買う人が、まだ着られる状態の服を捨てたとしても、世界には貧しくてぼろぼろの服しか着られない人がいるのにひどい、なんて言われないけど、食に関してはそういうことがすぐに言われる。手つかずの弁当をまるごと捨てるとか、そんな極端なことしなくても、茶碗に二口分の米を残したり、食べるのがあんまり好きじゃないって発言したりするだけで、すぐさま、そんなこと言ってたら天罰が下るよって後ろ指をさされる」

　わたしは「二谷さん」と名前を呼んで、目を合わせた。

「世界を見渡してみて。お腹を空かせている人がどれだけたくさんいるか。この豊かな国に生まれて、食べることに困らないで生きられる幸せに、あぐらをかいてるからそんなことが言えるんだよ」

　二谷さんがはっと声を出して笑う。

「言い方、原田さんに寄せてるでしょ」

「あ、分かってくれましたか」

　似てる、すごい似てる、と二谷さんはまだ笑っている。「うまいね。こう、こっちにぐっと罪悪感を抱かせる感じの話し方」と言ってビールのジョッキに手を伸ばした。お腹を空かせている人がどれだけたくさんいるかって話は、芦川さんも言いそうだけど、彼女は相手を非難する調子じゃなくて自分がそれをどれだけ悲しんでいるかっていうふうに語りそうだな、と想像する。

「芦川さんは、おいしいものが好きそうですよね」

二谷さんの視線の先にはおでんの鍋があって、黄金色のつゆにじゃがいもやこんにゃくが沈んでいる。芦川さんだったら、それを見ただけで「おーいーしーそー！」と一音ごとに伸ばしておいしそうを強調しそうだ。想像するだけで胸に重たい気が溜まる。

「そうだね。あの人は、ちゃんとしてるから」

「その言い方じゃ、わたしたちがちゃんとしてないみたいじゃないですか」

あの人、という温度のない物言いがうれしくて、左腕で二谷さんの右腕を押す。二谷さんは半分ほど空いたビールのジョッキを持ち上げて飲もうとして止まり、「ちょっとちょうだい」と、わたしが飲んでいる日本酒のグラスを手に取った。そのままくいっと飲むので、「二谷さんって日本酒は飲めない人かと思ってました」と意外に思って言うと、二谷さんはいや別に、なんでも飲むけど、と断った後で「これ、うまいな」と右手で日本酒の入った透明なグラスを掲げて見た。光に透かしてみたって透明は透明で、何が分かるのとおかしい。今の「うまいな」はちゃんとうまそうだった、とも思うとまたさらにおかしくなって、笑った。

*

エアコンの効いた部屋から外に出ると、ほんの数分でじんわりと汗をかき始める。太陽はそろそろ沈もうとしているが、真昼の余韻から発せられる熱だけでも十分だった。二谷はコーヒーを買うつもりで行った自販機で、つい炭酸水を買ってしまう。ペットボトルを握り締めた手のひらだけが暑さから逃れられている。仕事に戻ろうと振り返ったところで、会社と表通りを仕切る塀のすぐ外に芦川さんが立っているのが目に入った。二谷に気付き、ほほ笑みを強くして手を挙げている。近付いて行くと、芦川さんが「ちょうどよかった」と声を弾ませた。

「今から弟がムコスケを連れて迎えに来るんです。車で。よかったら見ていってください」

「あ、ほんとですか。なでたいな」

犬が来ると聞いてテンションが上がり、二谷は正門へまわって外へ出た。それからすぐにワゴン車が近付いてきた。助手席の窓が開き、二谷よりも三歳ほど年下に見える男性が、「こんにちは」と運転席から首を伸ばす。二谷は「同僚の者です。お世話になってます」と挨拶を返して、車の中を覗き込む。ムコスケは後部座席にいた。茶色の毛で鼻周りだけ黒く、温厚な顔立ちをしている。芦川さんがムコスケが飛び出さないよう少しずつドアを開けて、手を差し入れる。抱きかかえようとしているが、興奮したムコスケが吠えながら座席を上がったり下りたりを繰り返して落ち着かず、うまくいかない。

「飛び出したら危ないですから、ここからでいいですよ」

二谷が声をかける。芦川さんは「わたし乗っちゃいますね。それで、抱っこして窓から頭を出しますから、なでてやってください」と言い、反対側から素早く乗り込んだ。そうしている間に、芦川さんの弟に話しかけられる。

「姉がご迷惑おかけしています」

「いえ、ぼくは春にこの支店に来たばかりで、芦川さんに教わりながら仕事をしているところで。こちらこそほんとうにお世話になってるんです」

「教わりながら？　姉からですか」

弟が驚いた声をあげる。そこに含まれた侮蔑を感じとる。芦川さんが後部座席の窓を開ける。膝にムコスケを乗せて後ろから抱きしめ、飛び出さないようにしている。ムコスケは相変わらず興奮した様子で二谷を見上げている。口から飛び出した舌にある黒い斑点までかわいい。手のひらを上にしてゆっくり近付けると、ムコスケが濡れた鼻を押し付けて二谷の匂いを嗅いだ。湿ったその手でムコスケの顎の下を掻き、頬をなで上げるようにして、頭までなでた。久しぶりに触った犬のあったかい感触と獣臭い湿っぽさに、幸福な気持ちになる。

弟はスーツを着ている。仕事帰りらしい。「これからムコスケを連れておでかけですか？」二谷は首を傾げて尋ねる。遠出の散歩をするにしては、もう間もなく日が落ちようとしているし、動物病院で予防接種でも受けるのだろうか、などと考えていると、「ペットホテルに連れて行くんです」と、弟ではなく芦川さんが答えた。

「実は弟が結婚することになりまして。お相手のご実家が遠方で、両親同士の顔合わせを向こうで行うことになったんです。それで、明日の朝早くから一泊二日で、両親と弟が出かけるんですよ」

「ああ、そうなんですね。それはおめでとうございます」

二谷は弟の方に向き直って頭を下げる。弟が、ありがとうございます、とこちらも小さく頭を下げた。

「なるほど、それでムコスケはペットホテルでお留守番なんですね」

二谷がムコスケの頭をなでながら言うと、芦川さんが「わたしもお留守番なんですけどねー」と言った。二谷はムコスケから手を浮かせて芦川さんの顔を見る。

「今回はお互いの両親だけで会うんだそうです。お相手のきょうだいも地元を離れているらしくって、きょうだいその他の顔合わせは結婚式の時にっていう話になりました。だから、わたしもお留守番」

あーあ、わたしも旅行行きたかったなあ、と芦川さんが悔しそうに口をとがらす。二谷が「じゃあムコスケはなんでペットホテルに預けるんですか？」と尋ねると、弟がはああ、と大げさなため息をついてみせた。あははあ、とも聞こえた。

「姉ひとりじゃ、ムコスケの世話ができないんです。ごはんの用意も、散歩も一人じゃできなくて。ムコスケ、ぼくと両親の言うことはよく聞くんですけど、姉だけはなめられてるんですよねえ」

芦川さんが分かりやすく頬を膨らませていじけてみせ、運転席の弟に腕を伸ばして軽く叩く。何か言うかと思ったが、もおお、と声を上げただけだった。二谷の手をムコスケが舐めていた。

＊

駅前まで歩いて、お好み焼き屋に入る。「店主は大阪出身！」と手書きの文字で書かれた色あせたポスターが壁に貼ってある。大きな鉄板の備え付けられたテーブル席が四つと、同じく鉄板の付いた掘りごたつ式の座敷席が六つあって、半分ほどが埋まっていた。一つだけ空いていたテーブル席に二谷さんと向かい合って座り、おしぼりを持ってきた店員に生ビールを二杯頼んでから、メニューを開いた。

「お盆休みはどっか行ったの」

「けっこう最悪でした」

「最悪って？」

「来月、高校時代の友だちの結婚式に呼ばれてるんですけど、一緒に出席する友だちがみんな高校のチアリーディング部の子で、余興で、チアをやろうって言い出して。新婦には内緒のサプライズで、新郎に少しだけ参加してもらってって……それの、企画と練習で潰れました、休み全部」

思い出して、重たいため息をついてしまう。

「ああ、それは、なんていうか大変だったね。チアっておれあんまり見たことないからイメージなんだけど、チアガールとは違うんでしょ。組体操みたいなのとかあって、激しいんじゃないの」

「チアガールっていうのは実は正式には存在しないんです。コスプレっていうかそういうのに近くて。部活とか競技、大会としてあるのはチアリーディングと、あと、チアダンスっていうのもあります。そっちがチアガールって言われたりしますけど、正しくはチアリーダー」

「ああ、チアリーダー」

聞いたことある、というふうに三谷さんが頷く。

「チア……応援する、リーダー、なんてだいぶですけどね。チアリーディングはかなり練習しないと難しいし、危ないんです。人の肩に乗って、さらにその人の肩に乗って立つ、三段の表現とか、腕の力だけでお互いを支える扇形とか、隊列を乱さずに行進するのだって、昔やってたからできるでしょなんて簡単なものじゃないんです。だから、結婚式の余興でするの、わたしは反対だったんですけど」

「やることになっちゃったわけだ」

わたしは頷く。店員がビールを持ってきた。アスパラと豚トロの鉄板焼きと豆腐ステーキを注文する。店員は注文を書き取って厨房に戻るとすぐに皿を持って戻って来た。鉄板に火がつけられ、油を広げると、アスパラと豚トロが焼かれ、少し離された場所でざっくり切られた豆腐も焼かれた。豆腐にかけられた醬油のこげる匂いが立ち昇る。火が通ったら食べてください、と言い残して店員が下がった。

「さすがに三段組は無理だから、隊列組んで、腕や首を大きく使う上半身の動きが派手な技を選んで、短いパートだけ披露することになったんですけど、ポンポン持って、それなりに見える動きをしようとすると、けっこう筋肉使うんです。流れだけだったら何回か練習すればいいだけですけど、キレを出すためには、家で一人でも練習しないと足りないし」

「地元、九州の方だっけ？」

「福岡です。博多じゃない田舎の方ですけど」

「練習っていっても、友だちは地元にいるんじゃないの」

「半分くらい、関東に出てきてます。あと大阪とかにもまあまあ。集まれるグループごとに練習して、式は地元であるので、前日集合して合わせて……ってそんなうまくいくわけないのに」

二谷さんがお好み焼きのかえしでアスパラと豚トロをひっくり返す。わたしは豆腐の方をひっくり返す。じゅう、と新しく焼かれる音がする。

「押尾さんって真面目だね」

二谷さんが、感心しているわけでもばかにしているわけでもなく、ただそう思ったから言った、というふうにつぶやいた。

「チアが好きだからちゃんとやりたいってわけじゃないんでしょ。やるならちゃんとやりたいんでしょ」

わたしはちょっとびっくりする。二谷さんが言うとおりだった。何と答えようかと考えている間に、二谷さんが手を挙げて店員を呼び、生ビールじゃなくて瓶ビールで、グラスは二つで、えーと大瓶の方で、と注文した。瓶ビールと霜の付いたグラスが二つ置かれるのを待って話す。

「わたし別にチアが好きなわけじゃなくて、真面目で、できちゃったからしてただけなんですよね。高校の、三年の夏手前までだから、本格的に活動してたのは二年間。高校のクラスに同じ中学からの子が少なくて、最初に隣の席になった子がチアの体験入部するっていうから付いて行って、そのまま一緒に入部することになって、練習はきつかったけど、運動部の練習なんかどこもそれなりにきついじゃないですか。めっちゃ嫌ってこともなくて、単に引退まで続けた。それだけ。高校生の時のことなのに、社会人になっても、チアリーディングしてたんだ、元気なんだね、とか言われて、それがちょっと嫌で、っていうかわけ分かんなくて苦笑いって感じだったのに、結婚式の余興でチアやるなんて」

余興のために多少練習をしたって、毎日練習をして鍛えていた高校生時代と同じレベルのチアはできなくて、結局「っぽいもの」になるのが目に見えていて、サプライズでそれを見せられた新婦の目にも「っぽいもの」としか映らないかもしれないけど、新婦は空気を読んで感動してみせるしかないだろうし、新婦がもしほんとうに感動してしまったらと思ってもこわい。なんなんだろうって。わたしたちは友だちだけれど、あのたった二年間だけしていたことに、そんなにとらわれて構成されるのか、構成され続けるのかと思ったら。

「途中でやめるのが、苦手なんですよね。やめるって言ってばたばた、するのとか、まわりの反応とか、考えるほうがしんどい。合わないなってその時はあんまり思ってなくて、毎日練習してて、しんど、って。でもみんなしんどーい！　って言ってたから一緒だと思って。違うって分かったのは引退した後。みんな、またやりたいねって言うんです。本気の顔で、またみんなで舞台に立ちたい、大学入ったらチア部探すとかって。わたし、絶対嫌でした。絶対絶対嫌。それで、わたし、チア合ってなかったんだって。人の応援とか励ますとか好きじゃないんだ、でも得意で、できちゃうんだって分かって。なんかそれ、仕事と似てる気もしてて。このまま定年退職まで働くのかなあと思ってるんですけど、仕事毎日嫌で。ってこんなの同じ会社の先輩に言うことじゃないかもしれないですけど。でもみんな言うじゃないですか、仕事しんどいって。だから普通だなって。毎日嫌だけど、毎日ちゃんと働けてるから、これがずっと続くんだろうなって、そう思ってるんですよ」

「仕事、おれはそんな嫌じゃないんだよね」

「うわ、ほんとですか」

「うん。他にすることもないし」

二谷さんがにやにやしているので冗談だと分かる。

「いや、あるでしょ、することは他に、いっぱい。あーあ、やだな、余興。それが終わるまでお酒も飲めないですよ、せっかくの結婚式なのに」

「そういえば、結婚式も飯食うんだよなあ」

うんざりしたような表情を浮かべて、二谷さんがつぶやいた。

「人を祝うのも、飲み食いしながらじゃないとできないって、だいぶやばいな」

わたしは「ですねー」と頷き、今日も帰ったらチアの練習をしなきゃ、と酔いがまわり始めている自覚があるくせに思っている。

＊

二谷がミーティングスペースに広げていたラベルカラー見本を片付けて自分の席に戻り、パソコンの画面に向き合ったところで、視界の端で押尾さんがため息をつくのが見えた。午前中にちょっとしたミスがあったので、それをまだ引きずっているんだろうか、と思ったのと、給湯室から出て来た芦川さんが「三時も過ぎたし、そろそろ今日のお菓子出してもいいですかー？」と声を上げたのは同時で、二谷はこっちだったか、と押尾さんのため息の意味を修正した。

「今日はケーキ、作ってきました」

芦川さんが冷蔵庫から一抱えもある紙製の箱を取り出して持ってくる。ケーキ屋さんみたいね、と中身を見ないうちからパートさんたちが口々に言う。芦川さんはうふふとほほ笑んでみせて、ミーティングスペースのテーブルにそれを置くと、箱の横側を開けて中身を引き出した。ホールのショートケーキだった。みかんやキウイといった涼やかな果物と、真っ白の生クリームでたっぷりデコレーションされている。あっという間に空気が甘ったるくなる。

「すげえ。なあ」

なあ、のところでこちらへ振り向いた藤さんに、「ほんと、すごいですよね」と頷き返す。パートの女の人たちがスマホで何枚も写真を撮っている。

先週末、芦川さんは二谷の部屋に泊まりに来なかった。土曜にナッペの教室に参加して、日曜は一日かけてケーキを作るのだと話していた。そうしてできたのがこれ、ということなんだろう。

「ナッペってなんですか」

その前の週末、芦川さんが作った鮭のムニエルを食べながら、二谷が尋ねると、芦川さんは珍しく得意げな表情で教えてくれた。

「ホールケーキに、むらなく綺麗にクリームを塗る技術のことです。隙間なく、ぐるっと均等な厚みで、まるで機械で塗ったみたいに」

機械で塗ったみたいなケーキが食べたいなら、工場で作られたケーキを食べればいいと二谷は思うのだけど、芦川さんは違うようで、

「成功したら持って来ますね」

と張り切っていた。持って来るというならうちに持って来ればいいのに、芦川さん

が持って行く先は職場なのだった。

「その、ナッペの教室ってどこであるんですか」

「自由が丘です。教室っていってもお料理教室があるわけじゃなくて、個人のお宅なんですけど、料理がすっごく上手な人で、自宅に人を集めてこういうちょっとしたコツみたいなのを、教えてくれていて。ＳＮＳの写真で見たけど、キッチンがものすごく広くて、綺麗で」

「自由が丘って東京の？　東京まで行くの」

驚いて尋ねたが、芦川さんはうんそう、と頷くだけで会話を続けた。

普段は丸の内の商社で働いているというそのお料理上手な人は、仕事が忙しいはずなのに毎日おしゃれなごはんを作っていて、休日にはお菓子作りもしていて、それらの写真をＳＮＳにアップしているのがすごい人気で、きっといつか書籍化するんじゃないかと思っている、などと、目を輝かせて話すので、「そうなりたいんですか」と聞いてみると、芦川さんはぱっと口を動かすのを止めて、「そうかも」と納得したようにつぶやいた。この人は簡単に他人に憧れられるんだな、と二谷はつまらない気持ちになった。

憧れの人のナッペの技術を受け継いだ芦川さんのケーキが、今目の前にある。

「すみません、申し訳ないんですけど、ここに並べるので取って行ってもらえますか？」

芦川さんがケーキを切り分け、来客用の皿にひとつずつ載せていく。使っているナイフはケーキやパンを崩さずに切れるという刃がノコギリのように細かく尖ったタイプで、これも芦川さんが用意して給湯室に置いてあるのだった。

ミーティングスペースの前にみんなが寄ってくる。切り分けられたケーキはすでに四つほど並んでいたけれど、みんな、最初に手を出すのをためらっているようで、上手いもんだなあ、などと言い合いながら、芦川さんが全部取り分けるのを待っている。その輪の端に二谷も並んだところで、間に二人挟んで芦川さんに近い方に立っていた押尾さんが声を上げた。

「足りなくないですか、ケーキ」

えっ、どうだろう、えーと、いちにいさん……、とみんなで数え始めるが、「えっ」と驚いてみせた割にどの顔も冷めていて、ケーキの前に集まった時からそんなことは分かっていたのだと知る。

「あっ、そうなんですよ！　ホールケーキ、二個は持って来られなくって、一個だけで、頑張っても八等分にしかならないので、すみません、八人だけ！　食べる人、みんなで決めてください！」

　ええー、とざわめき、明らかに白けた空気が漂った。藤さんが一人だけ本気の調子で「そんなあ、おれ絶対食べたいのにさあ」と、まるでケーキが食べられないことが確定した人のように嘆いてみせ、藤さんの隣に立っていた女性社員があははと笑った。その笑い声に藤さんが調子をよくして、「ていうかさあ、言ってくれたらおれが芦川さんちまで車で迎えに行ったのに。そしたらホールケーキ二個でも三個でも持って来られたでしょ。ね、次から連絡ちょうだいよ」と続ける。芦川さんはケーキとナイフに視線を向けたまま、でも俯いた角度でもはっきりと分かる笑みを浮かべて、「ですね、失敗。今度はそうします！」と答えている。

　じゃんけんで決めようという流れになった時、電話が鳴った。それは藤さんの席の電話だったけれど、押尾さんがプルルルの「プ」の頭のところで鋭く反応して手近な席の電話に手を伸ばして出た。どうやら他支店からの問い合わせだったようで、藤さんに替わるでもなく「去年はこういうふうに対応してましたけど」と話し続けている。と、受話器を耳に当てたまま振り返り、みんなに見えるように空いている方の手でケーキを指さした後、バイバイの仕草をしてみせた。周りの人たちが頷く。タイミング悪いねえ、と同情する声が上がり、藤さんが「よーし、ライバルが一人減ったな」とおどけてみせた。

二谷がふと時計を見ると、十五時二十分だった。この後予定している打ち合わせは四十分後からで、準備をするには明らかに早すぎるけれど、押尾さん以外誰一人自席に戻らずわいわい騒いでいるのを見ていると、昼に食べたコンビニ弁当の衣の厚いからあげが胃の中でその形を元に戻していくような心地がした。自然に、と自分では思えるくらいのわざとらしさで、ああそうだった、とため息混じりにつぶやく。「打ち合わせあるんだった。準備しないとなんで、ケーキみなさんでどうぞ」と言って一歩下がり、「あーくそ、いいなあケーキ」と付け足した。

藤さんと目が合う。さっきと同じように「ラッキー」と言われるかと思ったが、

「二谷はだめだよ、食べなきゃ」

とやけにはっきりとした口調で告げられ、へえ、と間抜けな声で返事をしてしまう。慌てて口を閉じて、もう一度開き、「なんでですか」とちょっと笑ってる感じで返す。

「なんでって、そりゃあー、ねえ?」

藤さんが含みのある調子で言うと、パートさんたちを中心に周りの何人かがにやにやしながら首を動かす。なんだこれ、こいつら、知ってんのか。他支店の人と電話を

続けている押尾さんからの視線まで感じ取り、二谷の背筋がすっと冷える。このやりとりは芦川さんにも聞こえているはずだけれど、芦川さんはこちらを全く見ないでケーキに載ったいちごの角度を直している。おまえもぐるかよ、と二谷は苦々しく思うのだけど、「いや、なんすかもー」とわざとらしくとぼけ返してしまい、自分で自分を痛めつけたくなる。死にたくなるのはこんな時だ。死んで、ほら死んだ、ざまあみろと、誰とはなしに投げてぶつけてぐっちゃぐちゃになってしまいたいし、なってしまいましたって言いたい。

結局、八切れしかないケーキのうちの一切れを二谷が食べることになり、にやにや監視されている手前、後で食べるとも言い出しづらく、後で一人だけケーキを取り出して食べて目立つのも嫌で、その場で食べてしまうしかなかった。

「めっちゃうまいなあ、店のやつよりうまいわ」

ちゃっかりとケーキを手に入れている藤さんが、大きな声を出しながら食べる。他の、ケーキを勝ち取った人たちも、それぞれが「んーっ」「うまあっ」「すごっ」といちいち「っ」を入れてしゃべる。それがマナーだった。

手作りのお菓子を食べる時のマナー。大きな声を出しながら食べること。感動の演技を見せつけること。食べ始めの一口で「おいしい」とまず言い、半分ほど食べたところで「えーこのソースってどうやって作ってるんですか」と興味のないことを聞き、全て食べ終えたら「あーっおいしかった！　ごちそうさま」と殊更に満足げに聞こえるよう宣言しなければいけない。

なんでケーキひとつもらうだけでそんな労力を使わなきゃいけないんだ。って、なんで誰も言い出さないんだろうな。と、二谷は思うのだけど、フォークを持ち上げると「うまそう、いただきます」と言って、一口食べて「すげえ、めっちゃうまい」とも言って、それより後は黙って食べていた。

生クリームが口の中いっぱいに広がる。歯の裏まで、奥歯の上の歯茎で閉じられた空間にまで入り込んでくる。みかんとキウイを噛んで砕く。じゅわっと汁が広がる。その範囲をなるべく狭めたくて、顎をちょっと上げて頭を傾ける。噛みしめる度に、にちゃあ、と下品な音が鳴る。舌に塗られた生クリーム、その上に果物の汁。スポンジがざわざわ、口の中であっちこっちに触れる。柔らかいのと湿っているのとがあって、でもクリームと果物の汁で最後には全部じわっと濡れる。噛んですり潰す。飲み込む時、一層甘い重い匂いが喉から頭の裏を通って鼻へ上がってくる。

不自然に早くなりすぎないように、味わっているように、でもおいしすぎて一気に食べちゃったようにも見えるように、二谷はフォークを口に運んだ。おいしいなら笑顔にならなきゃいけない。食べている時は、口がぐちゃぐちゃしているから口で笑えない。だから目とか頰っぺたで笑おうとするけれど、頰も終始動いているから形が安定しない。それじゃあ目だけで笑えばいいわけだけど、この匂い。甘くて重たい匂いが、乱暴に鼻から抜けて、目にまで当たる。ふんっと腹に力を入れてみる。強く力を入れると一瞬息が止まり、匂いも止まるのだけど、力を抜くとさっきの何倍も甘い。

　もう一口で食べ終えるという時、視線を感じて斜め前を見ると、押尾さんがこちらを見ていた。なんの表情もない顔だったけれど、二谷と目が合うと「おいしそーっ」と言ってきた。二谷は「まじで、うまいよ」と返し、口を開いたその勢いで最後の一口を終わらせた。

　藤さんが使った皿も引き取って給湯室へ行き、洗剤を付けたスポンジで洗った。誰も見ていないことを確認して、うがいもする。手の甲で口元を拭う。みんなおいしいって言って食べてたけど、誰一人、ナッペがどうとか、クリームが綺麗に塗れていて素敵、なんて言わなかったなと思うと胃液が出て少し楽になった。

　十月になっても、駅から家までの道を歩くだけで汗で肌着がべったり濡れるくらい暑い日が続いていて、いつまで夏が続くんだろうとうんざりしていたけれど、二日間降り続けた雨の後一気に涼しくなった。その頃、大きな受注があってにわかに慌ただしくなった。藤さんが、こりゃ年内はめっちゃ忙しいなと嫌そうな顔をしたので、二谷が年内で終わらなくないですかこれ、と見通しを確認すると、年明けから春先までのことなんて考えたくもないわ、と突き放すように言われた。

定時で帰れることはなくなり、二谷は定時を過ぎてしばらくした頃に給湯室に行って、昼にコンビニで買っておいたおにぎりかパンを食べて短い休憩を取るようになった。お腹が鳴ってしまうので仕方がない。そこから二十二時か二十三時まで働く。押尾さんは家で作ったゆでたまごを冷蔵庫に入れておいて、お腹が空いたらそれと、粉末のスープをマグカップで溶かして飲んでいた。近所の牛丼屋へ食べに出て戻ってくる人もいた。こんなに仕事があるのに食べることは止められないというのが二谷にはもどかしかった。藤さんのように間食で腹を膨らませて帰宅まで耐え、自宅で夕食をとるという人もいたが、二谷には考えられなかった。そこまでしてちゃんとした飯を食べたいのか、といやしい人を見つけた気持ちになる。

芦川さんは十八時から十九時の間には帰宅した。だいたい十八時十五分くらいが多かった。十九時を過ぎてから帰る日が二日三日続くと、その翌日に体調を崩して出勤できなくなるので、休まれるよりはということで、十八時を過ぎると、みんなが「そろそろ帰った方がいいんじゃない」と芦川さんに声をかけた。芦川さんは弱弱しくほほ笑んでみせて、今日もちょっと頭痛くなっちゃいました、とその日の体調を告げて帰って行った。

芦川さんが出て行った扉の閉まる音に被せるように、押尾さんが音を立ててため息をつくと、藤さんが、

「勘弁してよ。他店で、ものもらいができたくらいで休むなって怒鳴った方が飛ばされた話、聞いたことあるでしょ」

と右手を左右に素早く振る、コバエを追い払う仕草をしながら言い、押尾さんより大きな音のため息をつき返した。

「今日は、これです」

芦川さんが笑顔で差し出しているのは、黄色い桃のタルトだった。うすい水色の懐紙に載せられている。平日の夜にこんなのを作る時間があるのか。とっさに、まず、それが頭に浮かぶ。

「まじで、おいしそうですね」

二谷は眉尻を下げた顔を芦川さんに向けた。「すっげえ」と興奮した声で付け加え

る。「いつもありがとうございます。いただきます」

芦川さんはいえいえこちらこそー、と笑顔で返す。首を左右に振ったのに合わせて、髪がさらさらと揺れる。芦川さんは次の人にタルトを配りに行く。二谷は周りに聞こえる大きさの声で、「仕事終わりのご褒美にしよう」と言って、懐紙ごとラップでくるんで、その上に『二谷』と書いた付箋を貼り、冷蔵庫にしまった。

芦川さんが定時で帰り、藤さんも押尾さんも二十一時を過ぎた頃に帰った。おれはもう少しやっていきます、と告げ、一人になった職場で冷蔵庫からタルトを取り出す。

黄色の桃にラップが張り付いてしまっているのを、指でめくってはがす。甘いのとすっぱいのとが混じった匂いがする。茶色のタルト生地は固く、桃の下にはカスタードクリームが敷き詰められているようだった。これタルトのところも焼いて作ったんだって、ほんとうにすごいよね、と配られたタルトを手にしてみんなが話していた。生地をこねて型にはめて焼き、タルトの土台を作り、その上にカスタードクリームを塗って、水気を切った桃の缶詰を載せて、冷蔵庫で冷やして、崩れてしまわないように職場まで慎重に運び、みんなが疲れてきた頃合いを見計らって取り出して、笑顔で配る。なかなかの労力がかかっている。どうしてそんなことをするんだろうと考え、それが、端からばかみたいだと結論付けるためだけの思考だと分かっているのでむなしい。

一人きりでいると空調の音が大きく聞こえる。明かりは二谷のデスクの上しか点けていないので、部屋の三分の一は暗い。パソコン画面に集中している時は気にならなかった暗さと静けさに、体を包み込まれる。二谷は桃のタルトを自分の体とパソコンの間に置き、それを両腕で囲うように腕を伸ばしてキーボードを叩いて、今日の会議の議事録をまとめた。最終行まで打ち込みを終えて、右手をマウスに移動させて画面をスクロールし、上から下までざっくりと眺める。細かな誤字脱字のチェックは明日することにして、ファイルを上書き保存して閉じた。

マウスから離した右手をそのまままっすぐタルトの上にずらして、落とす。

マウスを包んでいた形のまま落下した手のひらに、冷たく粘着する弾力が返ってきた。手のひらに力を入れて真下に押しつぶす。指が反り返って上に伸びた。手の中でタルトの輪郭が崩れ、割れた欠片がクリームに突き刺さる感触がする。すぐに、指のまたから桃を飛び越えて、うす黄色のクリームが飛び出してきた。クリームが伸びた分だけ皮膚がしっとりと冷たい。右手を上げる。

左手でティッシュペーパーを何枚か引き抜いてクリームのついた右手をぬぐう。汚れたティッシュをつぶれたタルトの上にかぶせ、そのまま一緒にビニール袋に入れる。パソコンの電源を切って、席を立った。

廊下を歩きながら、ビニール袋を持つ手に力を入れて握りつぶし、空気が抜けてぺしゃんこになったのを、くしゃくしゃに丸めてゴミ箱に捨てた。清掃が入った後らしく、腰の高さまである大きなゴミ箱は空だった。ゴミが底に落ちる音が、暗い廊下に響いた。

部屋の鍵を守衛室に届けて、外に出る。風が冷たい。マンションに向かって歩きながら、お腹が減ったなと思い、それが面倒くさくて仕方ない。お腹が減らなければ何も食べなくていいのに、お腹が空くから何か食べなければいけない。帰り道にコンビニとスーパーがひとつずつある。どっちに寄ろうかと考えながら歩くのは、気が重かった。

*

日付が変わる前に二谷さんと二人で職場を出て、深夜三時まで営業しているチェーンの居酒屋に入った。チキン南蛮と冷やしトマトと白米、味噌汁を食べ、三十分で店を出た。二谷さんはビールを一杯だけ飲んでいたけれど、わたしはウーロン茶にした。疲れているからか、この頃ビール一杯で体が重たくなる。頭が酔う前に体が酔ってしまう。明日も朝から仕事だと思うと飲めなかった。普通に晩ごはんだね、とウーロン茶を飲むわたしを見て言う、二谷さんの顔も疲れていた。顔全体に灰色のフィルターがかかって見える。まだ水曜日か、と二谷さんが体調が悪い人の声でつぶやいた。

終電を気にしながら駅に向かう。二メートルほど先を猫が横切った。白色の大きな猫は、こちらをちらりとも見ずにさっさと姿を消した。わたしも二谷さんもその猫を目で追っていたけれど特に言及することはなく、立ち止まりもしないで歩き続けるうちに、そういえばと思い出して、話した。

「二谷さんがうちの支店に来る前のことなんですけど、芦川さんと二人で取引先から戻る途中で、猫の鳴き声がして。それがけっこう激しめににゃあにゃあって続くものだから、気になって声のする方に行ってみたんです。駅からちょっと離れた静かな住宅街にある細い川で、欄干から下を覗いたら、水が流れているところのすぐそばの、河原の穴に猫が落ちて鳴いてました。穴っていうか、なんのためのスペースなのか分からないんですけど、壁に囲まれた、大きめの冷蔵庫がすっぽり入るくらいの幅の四角いスペースがあって。一番上が地面からちょっと出ている状態です。四方をコンクリートの壁に囲まれていて、猫はその底に。猫だったらそのくらいの高さ登れるんじゃないかとも思ったんですけど、壁が垂直だったし、狭いし、鳴き方の異常さからして、登れないんだと思いました。芦川さんも大変どうしよう、って焦ってて。それで、二人で川に降りたんです」

涼しくなってきた頃だった。打ち合わせ先は無農薬野菜の販売をしている小さな会社で、野菜の簡易包装をビニールから紙に変えるにあたって、デザインも一新したいという相談だった。代表だという初老の男性は芦川さんとわたしに対して辛辣ではなかったけれど、代わりに「こんなかわいい女の子たちを働かせてねえ」と非難する口調で言った。主に芦川さんが「うふふ」と声に出して笑い続け、わたしがデザインの説明をしようとしたが遮られ、結局その人の昔話を聞くのに終始した。わたしたちを送り込んだ藤さんはこうなることが分かっていたんじゃないかと思った。次はうちの会社で具体的なデザインの打ち合わせをするという約束をなんとか取り付けられ、芦川さんはよかったねえ、と喜んでいたけど、わたしは何も摑めていない感じがしんどく、いらいらしていたのだった。

二谷さんが、「それで」と先を促す。

「近くに階段があったので河原に降りました。猫が落ちている穴に近付いてみると、地面から飛び出ているコンクリートの壁は膝上くらいの高さで、しゃがんで覗き込んだら、二メートルくらい下に猫がいました。わたしたちの姿を確認した猫の鳴き声がさらに激しくなって。芦川さんも隣で覗き込んで、どうしよう、って言いました。どうしようもこうしようもないですよね。助けないと。死んじゃうから。コンクリートの壁は近くで見ると土や苔でけっこう汚れてて、足場もなくて、降りるのは無理でした。だから、上半身だけ下に垂らして手を伸ばしてみました。猫には全然届かないけど、指の先が穴の半分辺りまで届いてたから、わたしの腕を猫が登ってくれないかなと思って。でも猫は急に人間が近付いてきたからパニックになってて、わたしの腕から顔を背けて更に激しく鳴くだけでした。しばらくその体勢で猫の気持ちが変わるのを待ってみたんですけど駄目で、頭に血が昇ってきたんで、いったん体を戻して河原に座りました。芦川さんが、すごいわたしスカートでそんなことできない、って言いました。わたしはその日スーツを着ていて、下はスカートで、上半身を下に向けた体勢は、まあ、上品ではないですよね。けどその場には他に芦川さんしかいなかったし、それより猫じゃないですか。だから、いやでも、こうしないと猫が、って言ったんです。そしたら芦川さんに、誰か呼んで来ようかって提案されたので、誰かって誰って聞き返したら、道を歩いている男の人に声をかけて助けてもらおうって言うんですよね。わたし、なんか、ぽかんとしちゃって。分かんなくなっちゃって。助けてもらおうって言う芦川さんの目がすごくまっすぐで、昼間で外だったからかもしれないけど、目なんかちょっときらきらして見えて。あれ、わたしが間違ってるんだっけ、ってそんな気持ちになって。でも、でもですよ、男の人がそこに来たら猫、助けられます？　わたしが腕を伸ばして、猫にその気があったら飛び乗って上まで来られるけど、猫はそういう状態じゃなくて、だとしたら男の人呼んでも仕方ないじゃないですか。今思えば、警察かどこかに連絡して、はしごとか網とか……なにか道具を持って来られる人を頼ればよかったんですよね。なんかその時は、思い付かなくて。自分でどうにかしないとって思っていて。だからわたし嫌ですって言ったんです。男の人を呼んだら、わたしスカートだから、そしたら猫に手を伸ばせなくなるから、だから嫌ですって。めちゃくちゃですよね」

わたしが声だけで笑うと、二谷さんもそれに合わせるようにして笑った。二谷さんが視線をわたしとは反対側の居酒屋の方に向けて、歩きながら看板の字を読んでいるように見えたので、興味がないだろうかと思っていたら、「それで」とまた先を促された。

「雨が、降ってきました。元々雨の予報だったんです。夜から大雨になるでしょうって。降り出す前に会社まで帰りたいねって話してました。この穴の構造がどうなっているのか分からないけど、底に水はけの機能がなかったら水が溜まって猫が死ぬって思って、焦って、もう一度上半身を穴に下ろして手を伸ばしました。穴のへりに押し付けたから、スーツの前面が灰色に汚れましたけど、もう気にしてる場合じゃなくて。でも猫は相変わらずわたしの手からなるべく離れようとしていて、で、そうだって思い付いて、鞄の中身を全部外に出して、河原に置いてからっぽにして、その鞄を手に持って下に伸ばしました。Ａ４の資料も入る大きめの鞄だったんで、ぎりぎりまで伸ばしたら、ほとんど猫に触れそうなくらい下までいきました。人間の手より物の方が、猫が怖がらないかなって思ったんです。芦川さんが、どうなってるの大丈夫なの、って確認してくるのには返事をしませんでした。声を出すと猫が怖がると思ったから。黙って、じっと待って、そのまま五分か十分か、そのくらい経った頃に、急に猫がぱっと振り返って、鞄に飛び乗ってそのままダダッとわたしの腕、肩から背中に登って、穴から飛び出して行きました。軽い感触でした。穴から体を引き上げると、猫はもういなくなっていて、芦川さんが、あっちに逃げて行った、って上の道を指さしていました。芦川さん、傘をさしてた。折り畳みの傘。白地に、すみれ色の花柄の傘。なんででしょうね、猫が何色だったのか思い出せないんですけど、あの傘はすごく覚えてる。雨はざあざあぶりではないけどぱらぱらと降っていて、わたしは前かがみになっていたので、背中から腰の辺りまで濡れてました。穴は、蓋しとかなきゃ危ないと思ったんで後で市役所に通報できるようにスマホの地図アプリで住所を確認して、それから、会社に帰りました。帰り道、芦川さんはわたしのことをすごいすごい尊敬する、って褒めていました。さすがチア出身だね、とも言われました。わたしには絶対できないって。わたしも押尾さんみたいに強くなりたいって。っていうのを、急にすみません、さっきの猫見たら、思い出して。覚えてないけど、穴に落ちてたあの猫も白かったのかな。いや、関係ないか。すみませんでした長々と。なんか、わたしたちって芦川さんのことばっかりですね。ここにはいないのに、芦川さんのことばっかり話してる」

わたしとは反対の方向へ顔を向けて話を聞いていた二谷さんが、「共通の知り合いの話って、しがちだよね」と言った。猫の話についてのコメントは無しかと思っていたら、駅が近付いて来た頃に、「強いとか弱いとかいうことと、猫を助けるとか助けないとかのことは、違うと思うから、おれだったらそんなふうに言われたら、ちょっと許せないかもな」と深刻な顔でこぼした。わたしはそれで救われた気持ちになって、でもそれはちょっと単純すぎる気がしたので、二谷さんには伝えないで、黙って頷くだけにした。わたしは別に、許せないかもしれない、とふと思う。許せないから芦川さんのことが嫌いなんだと思っていたけれど、芦川さんのことを嫌いでいると、芦川さんが何をしたって許せる気もする。許せない、とは思わない。あの人は弱い。弱くて、だから、わたしは彼女が嫌いだ。

駅前で二谷さんと手を振って別れる。「気を付けて」と言われる。一人になった帰り道で、二谷さんは今頃電車に乗っていて、さっきスマホの振動音が聞こえたから芦川さんからメールか電話がきているはずで、それを見て、なにかメッセージを送ったり、しているんだ。そんなことを考える。

＊

みんなより先に帰してもらっちゃってるから、と言って芦川さんが手作りのお菓子を持参する頻度が増えた。二谷が土曜も休日出勤をするので、日曜しか会えなくなって暇なのかもしれない、と二谷はそう考えるのだけど、おれに会えないだけで暇になるってなんだか変なことだ、と思い直しもした。二人で過ごしたところで部屋で映画やドラマを観たり、とりとめもない話をしたりするだけなのだから、お菓子作りが彼女の趣味だというならそれに充てる時間が長くなった方がいいに決まっていた。

――クッキー、レモン風味のマドレーヌ、トリュフ、りんごのマフィン、ヨーグルトの入ったチーズケーキ、ラズベリーのカップゼリー、ドーナツ。

芦川さんは次々とお菓子を披露した。ケーキやクッキーは種類を変えて何度か作ってきたけれど、トリュフやドーナツなど一度きりしか登場しないお菓子もあった。難しいのによく失敗しないで一回で作れるねえ、と原田さんたちにほめられて、芦川さんはうれしそうに笑っていた。二谷は芦川さんが何度も練習して成功したお菓子だけを持って来ていると知っていた。

昼休みの少し前か、十五時を過ぎた頃。芦川さんがみんなにお菓子を配るのはだいたいそのどちらかの時間帯で、クッキーやゼリーといったさっと食べられるものは昼休み前に、マドレーヌやドーナツのようなお腹に溜まるものは「三時のおやつ」に出された。三時のおやつは、残業の増えたみんなに歓迎された。空腹が遠ざかると、それだけ仕事をスムーズに進められる。

藤さんから「やっぱり材料費だけでもみんなで負担しよう」という提案があり、月に二回、社員から千円、パートさんからは三百円を回収して芦川さんに渡すことになった。芦川さんは「こんなにいただけません！」と遠慮したけれど、原田さんに「今まで作ってもらった分も込みだから、受け取っといてよ」と言いくるめられ、照れ笑いで社用封筒に入れられたお金を受け取って、「いただいた分、これまで以上においしいもの、たくさん作ってきますから！」と自分を励ますように握りこぶしを作ってみせた。

——いちごのショートケーキ、焼バナナ、チョコとマシュマロのマフィン、パンプキンパイ、スイートポテト、わらびもち、プリン。

その場で食べられてしまうお菓子は駄目だった。みんなと一緒に食べるしかなかった。例えばバニラ味のクッキーは、個包装にする時間がなくって、ということで大きな箱に詰められていて、みんながその前に並んで数個ずつ渡してもらった。ティッシュペーパーを手のひらに広げて、ビニール手袋を着けた芦川さんがその上につまんだクッキーを載せていく。炊き出し、とそんな言葉が頭に浮かぶ。全然違うのに浮かぶ。並んで食べ物をもらう、というところしか合っていない。これは生きるために食べる食べ物ではないのに。おれは生きるためじゃない食べ物が嫌いだ、と二谷は思うのだけど、毎晩ビールを飲んでつまみは食べている。

個包装されて一人に一つ配られたマドレーヌやドーナツ、皿に載せられたケーキは、よかった。後で食べますと言えた。残業の楽しみができましたよ。そう口にすると、分かるー、と同調の声が上がるのだけど、その声を上げた人はもうその場で食べてしまっているから、何が分かるんだろう、と二谷は不思議だった。

定時を過ぎてパートさんたちが帰り、芦川さんが帰り、また一人二人と人が減り、そのうち藤さんや押尾さんも帰り、人の目が一つ残らずなくなった頃、二谷は残業の楽しみに取っておいた芦川さんのお菓子を取り出して捨てた。手で握りつぶすことも、ビニール袋に放り込んでデスクの下に置き、革靴で踏むこともあった。

*

「ちょっといいですか」

二谷が顔を上げると、押尾さんが小さく手招きしていた。廊下に出て、静かだと思い見渡すと、隣の部署はすでに全員退勤しているようで、磨りガラスのはめられたドアの向こうには、非常ボタンの赤いライトがひとつ、ぼやけて広がって見えるだけだった。前を歩く押尾さんの髪が肩甲骨のラインに沿ってはねている。

無人のエレベーターホールで立ち止まった押尾さんが振り返る。なにかトラブルが起こった時の顔だった。きつく結ばれた唇、顰められた眉の下に視線が固定された瞳。それなのに頬だけが、油断したようにほんのわずかに緩んでいる。

「原田さんに言われたんです。芦川さんのお菓子捨ててるの、あなたでしょうって」

目にも口にも強さのある原田さんの顔が頭に浮かんだ。責めるような様子ではなく、なにか事情があってのことなのよねと相手を慮り、困ったような表情を浮かべながら、でも核心を突いて逃がさない人なのだ。二谷は押尾さんを見つめる。パート勤務の人たちは全員定時に退勤したから、昼休みかいつか、給湯室やトイレで二人きりになった時に告げられたのだろう。

「違いますって答えたら、ほんとうに違うんならお菓子が捨てられてるってなんのことですか、そんなひどいことしてる人がいるんですか、って聞き返すんじゃないの、って更に疑われました。わたしの席、芦川さんの隣ですよ？　お菓子をもらったらすぐに食べてるし、それは本人に確認してもらったら分かります、ってちょっと怒ったら、とりあえず納得してもらえましたけど。でも失敗しました。原田さんが言うように、初めにお菓子が捨てられてるってなんのことですかって言うべきでしたよね。前から知ってたのがばれちゃう。ばれちゃうっていうか、うん」

二谷さんも、言わないんですね、お菓子が捨てられてるってなんのことだって。押尾さんが相変わらず表情だけは深刻そうなまま、遊びに誘うような声で言う。

二谷は背後が気になり、振り返ったが誰もいなかった。部署の扉の開閉音もしていないので、ここにいるのは押尾さんと自分だけだと思うのだけど、何度も背後が気になってしまう。

「自分がもらったやつじゃないんです。ゴミ箱に捨てられてるお菓子を、わたし、回収してたんです。それで、それを、こっそり芦川さんの机に置いていました」

「いつから？」

二谷は久しぶりに声を発した。冷静な声だった。業務でトラブルがあった。その時系列を後輩に確認する。誰のミスかはまだ分かっていない状況。声を荒らげても仕方ない状況。だから淡々としている声。いつから。

「先月からです。先方の都合で朝八時から打ち合わせ設定された日があったじゃないですか。ありえない、早すぎるって愚痴りながらみんなで七時半に出勤した日。わたしあの日、一番乗りだったんです。六時半には来ていて、守衛室で鍵を借りて、ミーティングスペースの準備をした後で、出勤前にコンビニで買ったパンを食べて、そのゴミを自分のデスクのゴミ箱じゃなくて廊下にあるゴミ箱まで捨てに行きました。パックの野菜ジュースも飲んだんですけど、野菜の繊維っていうんですかねどろどろのところが、パックの底に残ってて、それを一日中デスクのゴミ箱に入れてたら臭いそうだなって思って。で、廊下のゴミ箱に捨てようとした時、あの大きなゴミ箱の底に先にゴミが入ってるのが見えて。廊下のゴミって清掃の人が回収してくれてるじゃないですか、夜八時くらいと、昼過ぎと。だから、昨日遅い時間まで残業した人が食べた夜食かなにかかなって思ったんですけど、白いビニール袋の中にべったり、クリームが付いていて、あれって思って、ゴミ箱から取り出しました」

「あのゴミ箱ってけっこう大きいよね。よく底まで手届いたね」

「ですよね。左手でゴミ箱のふちを掴んで、右手をっていうか右腕全部をゴミ箱の中に突っ込んで、肩くらいまで、全部で、なんとか届きました」

押尾さんが右腕を床に向けて伸ばしてみせる。二谷はふと、この子はそんなふうに腕を伸ばして猫を助けたって話をしていたなと思い出す。落ちたものを拾うのが得意なのかもしれない。

「ビニール袋の中身は、タルトでした。ぶどうが載ったタルト、覚えてません？　真っ白なのにぶどうの風味がするクリームの。あっ、食べてなかったら分からないですかね。でもみんな、その場で言ってましたよね。このクリームぶどうの味がするって」

食べてなかったら、と言った時も押尾さんは深刻そうな顔のままだった。二谷はだんだん自分とは無関係の、それこそほんとうにただの仕事上のミス、しかも自分が起こしたわけでも、押尾さんが起こしたわけでもない、第三者のミスについての報告を受けているような気持ちになってくる。二谷は黙ったまま首を傾げて、曖昧に誤魔化し、先を促す。

「クリームがビニール袋に付いてましたけど、タルトの形はそのままでした。一口も食べてなくって、大きなぶどうの粒も二つ、載ったままで。わたし、きれいな状態のタルトをビニール袋に戻して、中の空気をできるだけ抜いて小さくして口を結んで、それを、芦川さんの机に置きました。裏紙メモにしている印刷ミスしたコピー用紙を一枚、その上に載せて」

「それで、芦川さんは?」

「出勤してきて、すぐ気付いたみたいでした。ビニール袋を開けなくても、クリームが付いてるのは分かったでしょうし、持ち上げた感触で、昨日のタルトだって。わたし、隣の席で、どうするかなって思って横目で見てたんですけど、芦川さん自分の足元の、デスクの下のゴミ箱にそれをすっと入れて、周りをきょろきょろもしなくて、そのままいつもどおり。藤さんのどうでもいい話に付き合いながら、パソコンの電源を入れて、冷蔵庫からお茶を取り出して、わたしの方を向いて今日はいつもより早いから眠いねなんて言って」

押尾さんは眉根を寄せて、こわくないですか、とささやいた。

「その後も二回、ゴミ箱で発見した、ビニール袋入りのお菓子を、芦川さんの机に置きました。チーズケーキと、ベリーのマフィンでした。チーズケーキもマフィンも、配られた形のままころんと入ってて、ゴミ箱に入ってなかったら、ビニールから取り出してそのまま食べても不思議じゃない感じでした。その二回は、発見したのが夜遅い時間だったから、自分のデスクの引き出しに入れておいて、翌朝、誰もいない時に芦川さんの机に置きました」

なんでそんなことを、と尋ねるべきだろうか。罪の告白というよりも定例業務報告をしているような口調で話し続ける押尾さんの真剣な表情に、押尾さんは笑っている時よりこういうしぶい顔をしている時のほうがいいな、と関係ないことを考えてしまう。

「原田さんは、芦川さんが出勤する前にそれを見たらしいんです。芦川さんの机に載ってるのなんだろうって気になって上にあったコピー用紙をめくって、明らかにゴミらしいくしゃくしゃの袋の中にお菓子が入っているのを。それでなんで、わたしが捨てたって思ったのかは知らないですけど。わたしが芦川さんのこと嫌いなの、ばれてるのかなあ。やだな、パートさんたちの間でそういう話されてたら」

押尾さんがため息をつく。続きを待ったが、話はそこで終わりのようだった。二谷は、もう一度振り返って廊下に誰もいないのを確認し、それから言った。

「それを捨てたのは、おれじゃないよ」

押尾さんが眉をひそめて、二谷を見つめる。そんなわけない、とその目が告げていた。二谷はじっと見つめ返す。この人とおれは根っこのところが似ているけど、根っこが似ていたって他のところを構成するものは全然違うから、全然違うところに進んでいくことになるんだろうな。そんなことを考える。

「おれは捨てる時、ぐちゃぐちゃにつぶしてるから、形が崩れてないなら、おれが捨てたものじゃない。押尾さんが捨てたんでもないなら、つまり、うんざりしてるやつは他にもいるってことだ」

押尾さんが目を見開いた。

「それはちょっと考えてなかったです。絶対二谷さんだと思ってた……けど、考えてみたら別に、不思議ではないですね」

じゃあ、もうやめよっかな。

押尾さんはつまらなそうに言い捨て、唐突に話題を変えて仕事の話、当面進めなければならない業務の進捗確認を始め、自然に部署の方へ向かって歩き始めた。今日中にここまで進んだら帰る、という落としどころを二人で確認しながらドアを開けて部屋に戻る。じゃ、なんとか二時間以内に終わらせましょう。そう言い合って各自の席に座る。藤さんが「いや後一時間で帰りたいわ」とぼやき、ですね、と別の男性社員が相槌を打ち、全員が口をつぐむと、かちゃかちゃとキーボードを叩く音だけが残った。

ポケットの中でスマホが振動し、取り出して見ると、大学の文学副専攻ゼミのグループラインにメッセージが届いていた。トーク画面に一行だけ表示されているところに自分の名前が書かれているのを認め、家に帰ってまとめて読むつもりが思わず開いて既読を付けてしまう。

〈二谷から大学の時にすすめられた本、今更読んだわ〉

テーブルの上にコーヒーと文庫本を並べた写真が添付されている。

〈いや読むのに何年かかってんだよ笑〉〈でもわかるー。本って読もうと思った数年後に読めるようになったりするよね〉ぽん、ぽん、とやりとりが続く。

〈おもしろかったから、二谷、またおすすめあったら教えてーっていうか生きて

る?〉

スマホの画面を切ってポケットに戻す。三回、四回、メッセージの到着を知らせる振動が続き、そのうち、静かになった。

*

平日と土曜だけでは追い付かなくなり、日曜も休日出勤することが続いた。土日は平日ほど遅い時間までは残らず、十九時や二十時には職場を出て、押尾さんや他の同僚と飲みに行った。芦川さんは休日出勤組にはおらず、二谷の帰りが遅いので週末に泊まりに来ることはなくなった。

一度、二谷の家でお菓子を作っていいかと聞かれたが、二谷の家のレンジにはオーブン機能はなかったし、粉や砂糖をはかる秤どころか、大さじも小さじもない。ボウルは一つあるが、かき混ぜるヘラやあの銀色の針金みたいなのが何本も丸く束ねられた棒みたいなのもない。だから作れないんじゃないの、と言った。芦川さんは、工夫して作れるものもあると答えられただろうけれど、言葉の内外に滲むというよりは弾けて見えた二谷のうんざりした様子に、「残念」と答えただけだつた。二谷は、近所のケーキ屋の前を通る時に嗅ぐ、鼻から胃の底へ腕を突っ込まれて、内臓の内側に爪を立てて刺激されるような、強烈に甘い、重たいあの匂いが自分の部屋に充満するところを想像した。その想像だけで、あなたとは一緒にいられないと言う理由になるような気がした。

芦川さんは週末に泊まりに来ない代わりに、月に何度か夕食を作りに来るようになった。二谷が芦川さんより四時間ほど長く働いて帰宅すると、湯気の昇る温かい料理が待っていて、芦川さんは二谷がそれを食べ終えるのを見届けてから、帰る。芦川さんと過ごす短い時間。スマホでニュースサイトを見てあの俳優とアイドルが結婚したんだってと話題を振ってきたこと、二谷のパソコンで通販サイトを開き、このスカートかわいいなあと言う割に買いはしなかったこと、旅番組を見て海に行きたいけど泳ぐのは嫌だな、でも行きたいな、でもな、と繰り返していたこと。そういった断片が、積み重なっていく。なんでこの人は頻繁にうちに来て、おれに飯を食わせるのか。付き合うってこういう感じだったか。二谷は分からない。胃が重たいのに、芦川さんが帰った後で、お湯を沸かしてカップ麺を食べるのも止められない。

仕事を終えてコンビニに寄り、暗い部屋に帰り着く。手を洗って鍋に水を入れる。お湯を沸かしている間に部屋着に着替え、カップスープにお湯を注ぎ、おにぎりはレンジで十五秒だけあたためる。スマホが振動した。芦川さんからのラインだった。

〈お仕事お疲れさまです。こんな時間まで大変ですけど、お味噌汁とか、なるべくちゃんとした、体にいいものを食べてくださいね！〉

二谷は反射的に立ち上がり、お湯を入れたばかりの乾燥ほうれん草の入ったカップスープを台所の流しに捨てた。冷蔵庫の上に積んであるカップ麺の中から「ご当地限定 こってり豚骨」を選んでお湯を注ぐ。鍋に残っていたお湯だけでは少し足りなかったが、沸かし直すのが面倒なのでそのまま蓋をした。腹の中が冷え冷えとしていた。なるべくちゃんとしていない、体に悪いものだけが、おれを温められる。二谷はカップ麺の蓋の隙間から逃げ出る湯気を見つめながら思う。

ちゃんとしたごはんを食べるのは自分を大切にすることだって、カップ麺や出来合いの惣菜しか食べないのは自分を虐待するようなことだって言われても、働いて、残業して、二十二時の閉店間際にスーパーに寄って、それから飯を作って食べることが、ほんとうに自分を大切にするってことか。野菜を切って肉と一緒にだし汁で煮るだけでいいと言われても、おれはそんなものは食べたくないし、それだけじゃ満たされないし、そうすると米や麺も必要で、鍋と、丼と、茶碗と、コップと、箸と、包丁とまな板を、最低でも洗わなきゃいけなくなる。作って食べて洗って、なんてしてたらあっという間に一時間が経つ。帰ってから寝るまで、残された時間は二時間もない、そのうちの一時間を飯に使って、残りの時間で風呂に入って歯を磨いたら、おれの、おれが生きている時間は三十分ぽっちりしかないじゃないか。それでも飯を食うのか。体のために。健康のために。それは全然、生きるためじゃないじゃないか。ちゃんとした飯を食え、自分の体を大切にしろって、言う、それがおれにとっては攻撃だって、どうしたら伝わるんだろう。

三分が経ち、カップ麺の蓋を開け、付属のスープを入れる。どろっとした形状の脂がお湯に溶け切らずに浮く。割り箸を差し込むと麺が固すぎて、三分ではなく五分待つタイプのカップ麺だったと気付くのだけど、もう何もかも面倒で、無理やりに麺と麺を引きはがし、ぐちゃぐちゃに絡んだスープと一緒に、熱さしか感じないまま飲み下す。

少し太ったんじゃないですか、と押尾さんに指摘されたのは、職場から近くの居酒屋へ歩く、その道すがらだった。仕事始めの今日は、新年会ということで全員が十八時には仕事を切り上げ、職場近くの居酒屋に集合することになっている。

相変わらず残業が続いていたが、大晦日から三が日までは休みが取れ、二谷も実家に帰った。祖母の入居している老人ホームに顔を出すと、前と変わらず「ひ孫の顔が見たい」と言われた。「ひ孫はまだだけど、今お付き合いしてる人はいるよ。そのうち結婚するかも」と励ますつもりで報告する。祖母は、長生きするわ、と目を細めた。施設からの帰り、父の運転する車の中で、妹が「兄ちゃんの付き合ってる人ってどんな人」と聞いてきたので、「さっきはばあちゃんの前だからああ言ったけど、別に、すぐ結婚するつもりではないから」と牽制したが、「そんなのはどうでもいいよ。兄ちゃんのことだから、どうせまた、自己主張少なめでにこにこしてて優しい感じの人なんでしょ」と続けるので、まあそうだね、と頷くと、妹は安心した様子で「よかった。義理の家族になるにはぴったりのタイプだね」と満足そうにしていた。助手席に座る母が、何も言わないながら耳を澄まして聞いているのが分かった。

芦川さんから、三が日は親戚が集まるので会えないと事前に聞いていたので、二日の夜に自分の部屋に戻ってからは、ゆっくりと過ごした。一度だけスーパーに行き、インスタント食品の他に、値引きシールが貼られた正月料理の残りを買い込んだ。それ以外は部屋から出ず、パソコンで適当な動画を見ないのに流したままにして、本を読んで過ごした。

「正月太りかも」

二谷は自分で違うと分かっていながら、押尾さんにそう答える。年末年始だけで付いた肉の量ではない。この半年の間少しずつ溜まった肉だった。仕事が忙しくて深夜に夕食をとるからという理由だけではなかった。それならば前の支店で去年も一昨年も似たような状況があった。二谷の頭の中に、眠る芦川さんの顔と、脂の浮いた黄金色の汁が浮かぶ。白いプラスチックの容器も。

「二谷さん太って、清潔感失ったらけっこうやばそう」

押尾さんが投げかける無遠慮な笑いを受けているうちに店に着いた。横に長い座卓の置かれた和室に通され、管理職から奥に詰めたものの、コース料理の鴨鍋を粗方食べ終える頃には、いつの間にか下座付近に席を移した支店長の両脇に芦川さんともう一人別の女性社員が座り、酔っぱらった支店長の笑い声に同調して明るい声を上げていた。芦川さんの隣、支店長と反対の側には藤さんが座っている。顔が真っ赤だった。肘でグラスを突いてしまい、溶けた氷の水がスーツの膝にかかったのを、芦川さんが拭いてあげていた。生贄、という言葉が二谷の頭に浮かぶが、見慣れた光景でもあった。

空きができた上座の辺りに、二谷や若手の男性社員が収まっている。二谷の前には誰が使ったのか分からない箸と、食べかけの雑炊が入った皿が置かれていた。手で押して脇に避け、店員に生ビールを頼んだ。おまえまだビール飲むんか、と正面に座った先輩社員が感心したように声をあげる。声がことさら大きいのは、会の中頃から飲み続けている日本酒のせいだろう。水もらいますか、と二谷が声をかけようとしたその時、きゃあっと声が上がった。悲鳴ではなかった。きゃ・あ、と発音されたそれは芦川さんがお菓子を作ってきた時に向けられる歓声のような明るさで、けれど妙なほの暗さもあった。奥に座る二谷たちがぱっと顔を向ける。藤さんが芦川さんに抱きついていた。いや、違う。芦川さんが藤さんを抱きしめていたのだった。

うわあ、というつぶやきが背後から聞こえた。振り返らなくても押尾さんの声だと分かった。パートさんたちと同じテーブルで女性ばかり五人集まっておしゃべりに興じていた押尾さんが、もう一度、はっきりと嫌悪の滲んだ声で、うわあ、なにあれ、と口にする。

掘りごたつに足を下ろして座る藤さんの上半身を、畳に膝立ちになった芦川さんが抱きしめていた。ぎゅっとではなくふわっと。ということに、どこまで意味があるのかは分からないが、藤さんの頭部は芦川さんの胸の高さにあるものの、押し付けられてはおらず、ふわりと広げられた芦川さんの両腕で支えられている。藤さんの顔は芦川さんの腕に隠れて見えないが、芦川さんの顔は見えた。視線は藤さんの頭頂に向けられている。つらかったですね、と言うのが聞こえた。そんな優しい声って、どこから出しているんだろうか。あなたを許しますっていう声。許されてきた人だけが操れる声。藤さんが黙ったまま頷く。今の動きで顔が芦川さんの胸に当たったんじゃないか。二谷は気分が悪くなる。食べたばかりの鴨鍋が胃の中で揺れる。

「なんかねえ、藤さん、奥さんに逃げられちゃったらしいわよ」

押尾さんと同じテーブルにいる原田さんが、二谷たちまで聞こえる声量で説明する。

「年末に藤さんの実家に一緒に帰省するしないでもめて、そのまま出て行っちゃったんだって。三が日も連絡がなくて、藤さんが向こうの実家まで迎えに行っても、顔も見せなかったらしいわよ」

女性だけの卓でおしゃべりに興じながらいつの間にそんな情報を収集していたのかと二谷は驚く。みんなはそうだったのか、と口々に頷いている。そういえば今日の藤さんは元気がなかった、と言う人もいるが、二谷は全然分からなかった。いつもどおりだったと思ったたし、何かあったからといって職場であからさまに元気がないというのもおかしいだろう。

「それでなんで芦川さんが抱きしめてるんですか」

と言ったのは押尾さんだった。大きめの虫を裸足で踏んでしまった時のような顔をしている。

「藤さん酔っぱらって、ずっと、慰めてほしい、つらいつらいって言い続けてたからねえ。見かねて、ああしてあげてるんじゃないの？　芦川さんって優しいから」

大変ねえ、という調子でパートさんたちが言い、急激に興味を失くして元のおしゃべりに戻っていく。二谷の前に座る男性社員も別の話を始め、二谷も「なあ」と話を振られたのでそちらに戻る、その寸前に押尾さんと目が合い、いつも職場でふいに目が合った時のように逸らされるかと思ったがそのまま見つめられ、仕方なく二谷の方から逸らした。

周りの人たちとしゃべりながらさりげなく下座の方を窺うと、芦川さんはもう元のとおり姿勢を正して座り、藤さんも何もなかったように支店長の方に顔を向けて何事かをしゃべっていた。デザートの杏仁豆腐が運ばれてきた。二谷はスプーンで一口分を崩したが口には運ばなかった。鍋の陰に隠すように器を押した。

＊

新年会の翌々日のことだった。昼休みが終わってすぐ、支店長からパートさんたちまで全員が揃っている中で、「すこしよろしいですか」と藤さんが支店長に声をかけた。後ろには原田さんが立っている。支店長が顔を上げると、藤さんは部屋の中をぐるりと見渡し、「みなさんも、ちょっといいですか」と全体に聞こえるように声を張った。みんなが顔を上げる。藤さんの感情を抑えた声のトーンに、何かよくない話なのだと察し、誰も声を上げないで静かに話を待った。

「ほんとうは、こんなふうにみんなの前で話すのは、つるし上げみたいでよくないと思うんだけど、一度個別に話をさせてもらって、それでも改善されなかった、というか止められなかったから、申し訳ないけどこうして話をさせてもらいます」

藤さんがみんなを見渡しながらそう言った後で、振り返って支店長の顔を見て、小さな声で「すみません」と断りを入れる。支店長は訝し気な表情を浮かべながらも頷く。事前に話を通しているわけではなさそうだった。

「芦川さんがいつも手作りのお菓子を持ってきてみんなに配ってくれていますが、それを、ゴミみたいに袋に入れて、芦川さんの机に置いている人が、います」

瞬時にざわめく。えっ、なんで、ひどい。そんなことが小さな声でささやかれる。息を呑む音もして、二谷はそれが自分の喉から聞こえたのだと気付き、妙に冷静に気持ちがさめていくのを感じる。首をひねって押尾さんの方を見ると、押尾さんは前に立つ藤さんをまっすぐ見つめていた。視線を逸らして俯いているのは隣の芦川さんの方で、じっと自分の手元を見ていたが、みんなの視線を受けて、細い肩をぎゅっと内側に縮め、半分俯かせたままの顔をそっと藤さんの方に向けた。藤さんが芦川さんの視線を受け取って、力強く頷く。安心して、任せて。というふうに。

「実は、今日もそういうことがありました。昨日芦川さんが作ってきてくれた、栗きんとん味のケーキ、みなさんいただきましたよね。それが、今日の朝も袋、ぐしゃぐしゃのビニール袋ですよ、それに入って、芦川さんの机に置かれていました」

「どういうこと、それ」支店長が低い声で尋ねる。「誰がやってるか分かってるの。ああ、ここで言わなくていい。後であっち来て」と、奥にある扉付きの会議室を指さす。

「この場では誰がというのは差し控えますが、分かっています。以前、その方に直接注意もしました。食べたくなければ食べなければいい。甘いものが苦手なんだったら、芦川さんにそう伝えて、自分の分はいただかなくて大丈夫ですって伝えればいい、それだけのことでしょう」

みんなが無言のまま頷く。

「それにね、お菓子をわざわざビニール袋に入れて、それを芦川さんの机に置くなんてね、こんなひどいことがありますか。芦川さんはみんなのために、みんなの元気が出るように、彼女の優しさで作ってきてくれているのにね、ひどいよ、これは、攻撃だよ。芦川さんに確認したところ、こういったことは去年の秋頃から何度かあったそうです。彼女は優しいから、最初は食べきれなかったお菓子を返すつもりで袋に入れて置いてくれているんだと、そう捉えていたそうです。でもね、ぐっしゃぐしゃの袋ですよ。ある日、芦川さんの様子がおかしいのに気づいて、原田さんが、」

と藤さんが隣に立つ原田さんを見る。

「芦川さんに事情を聞いたところ、そういうことがあったと。原田さんは驚いて、ほんとうにひどいことだって、それで私に報告してくれたんです。許せないことですよ。芦川さんはね、自分を傷付けたいだけなら別の方法にしてほしいって言ったんですよ。世界にはごはんを食べたくても食べられない人たちがいる、だからこうして食べ物を粗末にするのは止めてほしいって。そんな心の綺麗な人に対して、いや、ほんとに、ありえないよ」

みんながまた頷く。ひどいな、とささやきもする。

藤さんは終始、押尾さんの顔を見つめて話していた。

二谷や、他のみんなの視線も押尾さんに集められていく。遠慮がちに覗き見る仕方だった。押尾さんの横顔は白くなっていた。表情が抜け落ちて、目は藤さんではなくて、押尾さんの隣の席の、今は藤さんの方に体ごと向けて俯いている芦川さんの背中に向けられていた。睨んでんじゃないよ、とつぶやいたのは原田さんだった。非難しているというよりは、驚いている感じのつぶやきだった。とても小さな声だったけれど、藤さんと並んで立っているので、その声はみんなに聞こえた。押尾さんの頬がぴくりと動き、けれど視線を芦川さんに向けたまま微動だにしなかった。

支店長と藤さん、原田さんが別室に移って話をし、しばらくして芦川さんも呼ばれた。数十分聞き取りがあった後、それぞれが仕事に戻ったけれど、しばらくして押尾さんが廊下に出て行った時に、支店長が黙ってその後に続いた。

押尾さんが部屋を出て行くと、みんな黙ったまま、でも仕事を進める手を止めて、意味ありげに目くばせし合った。パートの女性の一人が芦川さんに「大丈夫？」と声をかけ、芦川さんが弱弱しく頷く。「ひどいね、ほんとにひどい」と原田さんが言う。藤さんが鼻から音を立てて息を吐き、腕組みをしている。

三十分ほどして、まず支店長が、数分置いて押尾さんが席に戻ってきた。二人とも何も言わない。誰も口を開かず、重苦しい空気の中でキーボードを叩く音だけが響いていたが、しばらく経った頃にうっとうめき声が聞こえて、二谷がぱっと顔を上げると、押尾さんが両手で口元を押さえていた。体に力を入れて震えている。ちょっと、と原田さんが慌てて立ち上がり、二谷が素早く給湯室に走ってビニール袋を取ってきた。刺激しないようにそっと押尾さんに手渡す。押尾さんは血の気の引いた額に引きつった目で二谷を見上げ、小さく会釈した。そのまま、ビニール袋を手に部屋を出て行くかと思ったが、そのまま自席に座ってじっとしている。トイレまで移動できないくらいつらいのかと思っていたら、五分ほど経った頃、

「大丈夫でした」

と言って急に立ち上がった。周りの人に「びっくりさせてしまってすみません、大丈夫でした」と声をかける。みんな、曖昧に頷く。表立って心配したと口にする人はいなかった。押尾さんは手に持っていたビニール袋をくしゃくしゃにまるめ、

「大丈夫でした。吐きもしなかった」

と言った。

*

大口の仕事が終わり、年度末に向けての忙しさはあるけれど少し落ち着いた。休日出勤はなくなり、平日も十九時過ぎには退勤できる。芦川さんはまた週末を二谷の部屋で過ごすようになった。お菓子を職場に持参する頻度が下がり、その中身も、クッキーやパウンドケーキといったオーソドックスなラインナップになった。平日の夜だけでは手の込んだものは作れないらしい。

「毎週末うちに来なくても、たまには一人でゆっくりお菓子でも作ったら」

二谷が言うと、芦川さんは目元を幸せでいっぱいというふうにたわませた。

「でも結婚したら、お菓子作りばかりはできなくなるから」

二谷はそんなことないと思うのだけど、ほんとうにそう思っているらしい芦川さんに、どういう言葉で伝えたらいいかは分からなかった。結婚したら芦川さんがお菓子作りばかりはできなくなるというのなら、結婚する相手も何かできなくなることがあるのだろう。言葉を発する代わりに口角を上げてみると、それに呼応するように芦川さんの口角がさらに数ミリ持ち上がった。

　四月の人事異動が発表され、二谷は千葉にある別支店に転勤することになった。今のマンションから通おうとすると片道二時間半はかかる。面倒だがまた引越すしかない。

「二谷さん、まだ一年しかいないのに」

　と驚いた声を上げたのはパートの女の人たちだけで、社員はみんなそうなるだろうと予想していたので、あっちの支店の何とかさんはどうのこうので、と早速噂話を仕込んでくる。

「若手で他に出て行ける人がいないですから」

　二谷がパートさんたちに向かってそう説明すると、

「誰かさんのせいでね」

　と、原田さんが鋭い声を重ねた。人事異動の発表に先んじて、押尾さんが退職することになったと支店長から全体へ報告があったのは二月の半ばで、うちの支店に来て丸五年になる押尾さんの他支店異動の予定がなくなり、代わりに誰か出さないといけないということで、二谷の転勤が決まった、とみんな考えているらしい。原田さんに続いて、お菓子事件以来、押尾さんを目の敵にしている人たちがささやき声で何かを言い合うが、二谷は、誰かのせいというなら、どっちかというと押尾さんではなく芦川さんのせいだ、と思う。

在籍年数でも担当業務の内容でみても、本来であれば押尾さんではなく芦川さんが異動対象となるべきだったけれど、支店長と藤さんが芦川さんの異動にストップをかけたのだ。というよりも、かけ続けているのだ。二谷が来る前から、そしてこれからも。彼女はここで守るべき人だ、とそういう話になっているらしい。というのは芦川さんから聞いた。ずっとここにいられるなら、実家を出なくて済むし、ありがたいことだよね、と話していた。

押尾さんが負けて芦川さんが勝った。正しいか正しくないかの勝負に見せかけた、強いか弱いかを比べる戦いだった。当然、弱い方が勝った。そんなのは当たり前だった。

押尾さんの退職は三月末日付だが、余っている有給を全部消化するために、三月三日が最終出勤日になるらしい。トイレで一緒になった藤さんが「普通、有給消化するって言ったって半分くらいじゃねえの。全部使うなんてなあ」とぼやき、そういう感覚なのか、と二谷は驚く。自分が退職する時は絶対に全部消化したいが、定年まで働き続けるんだろうどうせ、という気もしている。定年まで後三十年ある。六十五歳か七十歳まで定年が延長されたら四十年近くになる。長い。長いが、気が遠くなるほどの長さではなくなっていた。飯を食って寝て、起きて飯を食っていたら、そのくらいの時間、あっという間に経つだろう。

「異動したら、芦川さんとも、離れちゃうな」

いよいよ名前を出してそう言われ、まあでも週末には会えると思います、と返しながら、二谷は、そうか片道二時間半かけてもおれたちは会い続けるんだよな、と当たり前のことを考える。

「残念だな。二谷ともっと一緒に仕事したかったんだけどな」

藤さんが二谷の肩を叩いて、トイレを出て行った。

押尾さんの退職と二谷の人事異動が発表されてすぐ、二人で飲みに行った。それが、二谷が押尾さんと二人で会った最後の機会になった。

押尾さんが鍋が食べたいと言うので、裏通りでこぢんまりと開いている和風の居酒屋に入った。押尾さんが頼んだのは鴨鍋で、二谷が「この間の新年会も鴨鍋だったよね。好きなの？」と尋ねると、押尾さんは口を斜めにして、「新年会で食べた鍋、まずくて。鍋が悪かったっていうか単に職場の人たちとみんなで食べるものってだいたいまずく感じるんですよね。わたし、鴨肉好きなのになんかすごい嫌で。食べ直したかったんです」と言った。

「みんなで食べるものがだいたいまずいっていうのは分かる気がする」

答えながら、高校時代の記憶が頭に浮かぶ。

「高校の部活帰りに、十五、六人でラーメン食べに行くことがたまにあって、それが嫌だったな。そんな大人数で入れる店だからもちろん流行ってなくて汚くて、安くて量だけは大盛みたいなとこで、みんなうめえって言い合って食べるんだけど、おれは、口ん中ぐちゃぐちゃにしたまま大声でしゃべるみんなのことまで含めて、まじで嫌だった。店までけっこう遠くて、チャリで片道三十分とかかかるんだけど、大通りを一列になってざーっと走って行く、そっちの方はなんか、好きで、だからまとめていい思い出、みたいに自分の中には保存されてるんだけど」

「あー、わたしも、部活帰りにみんなでクレープ食べに行ったりしてました。十人以上の群れで行動してた、あれって中高生特有ですよね」

押尾さんに軽く受け止められ、二谷は思わず口ごもる。仕方なく頷いたが、頭の中で考えていたのは、それとはちょっと違う、ということだった。男の子なんだからいっぱい食べないと。急に、そんな言葉が頭に浮かぶ。年上の女の人の声だった。母の声とも祖母の声とも似ているし、原田さんとか、昔の担任の先生とか、知り合いの中年女性の声の詰め合わせみたいな感じもした。大盛のラーメンを、みんな全部食べ切って、汁まで飲んでいたけど、おれはあんなにたくさん食べるのは好きじゃなかったんだった。でも、こんなにたくさん食べたくないとは言えなかった。そういう時に、頭の中でいつも再生される。男の子なんだからいっぱい食べないと。いっぱい食べて立派にならないと。

正しく食べ直しをするために、押尾さんは「わたしに任せてください」と鍋を取り仕切り、ほどよく煮えた具材を取り分けてくれた。

「うん、よかった、おいしい」

と押尾さんは満足そうにして、鴨肉のさっぱりした脂がキャベツにしみてるのが最高、と肉より野菜をたくさん食べた。追加で白いご飯と生卵を頼んで雑炊にし、汁まで全部食べ切った。あったまった息を吐く。

「二谷さんと食べるごはんは、おいしい」

押尾さんがほほ笑んで言う。ほほ笑んでから言ったというよりは、その言葉を言うために唇を動かしたら目じりや頬も一緒に動いた、という感じのほほ笑み方だった。

「二谷さんは目の前にある食べ物の話をほとんどしないから、わたしも、これおいしいですねとか、すごいふわふわとか、いちいち言わないで済んで、おいしくても自分がおいしいって思うだけでいいっていうのが、すごくよかった。おいしいって人と共有し合うのが苦手だったんだなって、思いました。苦手なだけで、周りに合わせてできてはしまうんですけど。甘いのが好きとか苦手とか、辛いのが好きとか苦手とか、食の好みってみんな細かく違って、みんなで同じものを食べても自分の舌で感じている味わいの受け取り方は絶対それぞれ違っているのに、口を揃えておいしいおいしいって言い合う、あれがすごく、しんどかったんだなって、分かって。二谷さんとごはんを食べる時はそれがなかったからよかった。一人で食べてるみたいで。でもしゃべる相手はいるって感じで。だからさみしいです。もう一緒にごはん食べに行けないのは。千葉ですよね、次の支店。遠すぎ」

押尾さんが口を尖らせ、わたしも忙しくなりそうですし、と転職先の話をする。

「チアの友だちが立ち上げた、チアとかイベンターの派遣会社なんですけど、そこの管理部門で総務全般を……って聞いてますけど、小さな会社なんで多分なんでもやることになります。現場にも出ないといけないだろうし」

「押尾さんもチアするの」

押尾さんは「まさか」と笑う。

店員があたたかいお茶を運んでくる。押尾さんは湯飲みを両手で包むようにして持ち、手の内側を温めている。火を止めた鍋からはまだ湯気の残りかすが昇っている。暖房のよく効いた店内で、押尾さんはとても寒いところにいるような顔をしている。

「でも、どこに行っても変わらないと思います。変わらないけど、変わっているふうに見せたいんだと思う、自分に。チア部にいた時に、顧問の先生に散々言われた言葉があるんです。〝自分をチアできない者に、人をチアすることはできない〟わけ分かんないってずっと思ってました。他人に頑張れって言って励ますのってすごい簡単じゃないですか。自分を励ます方が絶対難しい。今でもそう思ってるのに、チアの派遣会社に入るんだから不思議。だけど、仕事だって決まっていた方が、わたしはわたしを励ませると思うんです」

二谷は分かると思ったが、分かると言うと分かってないと思われる気がして言えなかった。黙ってお茶をすすって、帰り際に、「だからお菓子を芦川さんの机に置いたの」と尋ねた。押尾さんは寒さの厳しいところにいる顔を継続している。

「わたしたちは助け合う能力をなくしていってると思うんですよね。昔、多分持っていたものを、手放していっている。その方が生きやすいから。成長として。誰かと食べるごはんより、一人で食べるごはんがおいしいのも、そのひとつで。力強く生きていくために、みんなで食べるごはんがおいしいって感じる能力は、必要じゃない気がして」

二谷は胸を衝かれて、話すつもりがなかったことを口にしていた。

「押尾さんがつるし上げられたあの日、芦川さんの机にゴミ袋に入れたお菓子を置いたのはおれだよ」

話しているそばから、言うんじゃなかったと後悔するが、続けてしまう。

「芦川さんも分かったはず。秋頃に置かれていたお菓子は潰れてなかったけど、今回のはぐちゃぐちゃだったから、絶対、違う人間がやったんだってことは」

押尾さんは口元に手を当ててしばらく何事かを考えていたけれど、ゆっくり首を横に振ると、「ま、いいです」と言った。

「一緒に芦川さんにいじわるしましょうって言ったの、わたしですから」

店の外に出ると、鍋で温まった体が表面から一気に冷えていった。二谷は思わず肩をすぼめ、コートの襟をぎゅっとしぼったが、店内にいる時から雪国の人の顔をしていた押尾さんはむしろ平気な顔で、すたすたと駅に向かって歩き出した。

＊

二谷の異動と押尾さんの退職をセットにした送別会は、押尾さんの最終出勤日の三月三日に設定された。小さな子どものいるパートさんから、その日は娘のひな祭りをするから参加できないと申し出があり、二谷と押尾さんに小ぎれいな箱に入ったお菓子をくれた。手のひらに載るくらいの小さな箱で、中はクッキーだという。東京にある有名な洋菓子店の名前が入っていた。「芦川さんが作るお菓子には敵わないかもしれないですけど」と言い添えた後で、その人ははっとした顔で押尾さんを見て、慌てて会話を切り上げると自席に戻って行った。その様子から、わざと嫌味を言ったわけではなく、どちらかというと芦川さんと交際していると噂の二谷に対しての、おべっかだったのだろうと思われた。押尾さんはため息をつく代わりに小さく笑った。

二谷はそれを夕方小腹が空いた頃に開けた。クッキーは四枚だけで、チョコ味のとバニラ味のが二枚ずつだった。あっという間に食べてしまい、ビニールの包装の中に乾燥剤だけが残った。クッキーは四枚とも同じ大きさ、同じ形だった。パティシエが帽子とマスクとエプロンを着けて、調理室で焼いたのだろう。そういうのを想像するとほっとする。食べる者の顔など分からない人たちが作った、正確な食べ物。コピーを取りに行くついでにパートさんの席に近寄り、「クッキーうまかったです」と声をかける。パートさんはよかったです、と答えながら驚いた顔をしていた。

「二谷さんって、甘いものは夜食べる派なのかと思ってました。ほら、芦川さんのお菓子はいつも残業中のごほうびにされてるから」

そういえば、そうですね、とごまかすように笑い返す。ゆっくりと目を逸らしてコピー機に向かい、なあなあで会話を終わらせた。パートさんのすぐ向かい側から芦川さんが二谷を見ていた。口の中にまだクッキーの風味が残っていた。

そろそろ仕事を切り上げて店に移動しようかという時、押尾さんが支店長の席の前に立ち、「申し訳ないんですが、頭痛がひどくって。せっかくなんですけど、送別会は遠慮させていただこうと思います。これまでお世話になり、ありがとうございました。ここで学んだことをこれからの糧にして頑張ります。また何かご縁もあるかもしれません。その時はどうぞよろしくお願いします」とよどみない口調で言い、ぱっと頭を下げた。

支店長は体調が悪いんなら仕方ない、とても残念だけど、とこちらはやや気圧された様子でもごもごと言い、それから部署の全体を見渡して、「残ってる者にだけでも挨拶を」と押尾さんを促した。社員はほとんど全員が残っている。芦川さんだけがパートさんたちと一緒に定時で上がって先に店に向かっていた。

押尾さんがぐるりと全体を見渡す。たいへんお世話になりました、と大きな声で言う。なんだかすごくうれしそうだった。今日はせっかく送別会を企画いただいたのにすみません、体調が思わしくなくて、と説明し、でもちょっと行きたくなかったので頭痛くなってラッキー、とも思ってます、みなさんも多分、二谷さんだけの送別会にした方がお話が盛り上がるんじゃないかと思うし、と続けたのでぎょっとする。息を呑む音があちこちで聞こえた。

「これは嫌味とかじゃなくって、ほんとうにそう思っているので言いました。どうせ今日で辞めますし、思ってないことを言うのも変でしょう。かといって最後にひどいことを言って逃げようってわけでもないんです。ただ嘘をつくのだけやめようと思って。それだけです。頭痛もほんとうです。片頭痛持ちでしょっちゅう、痛くなるんです。普段は我慢して仕事したり飲み会に行ったり、してましたけど、辞めるのにもう無理しなくていいかなって。みなさんにはお世話になって、感謝しています。たくさん教えていただいたことがあります。ありがとうございました」

ぱらぱらとまばらな拍手が鳴り、大きく盛り上がる前にすっと消えた。どう反応するのが正解なのこれ、とお互いを窺う空気が流れる。

そうしている間に押尾さんは身支度を整え、鞄を肩に、コートを腕にかけると、送別会の幹事をしている男性社員へ「これわたしの分のキャンセル料です」と押し付けるように封筒を渡し、幹事がそんなのいいよと受け取りを固辞するのを無視して、「それじゃあみなさんお世話になりました」ともう一度みんなに頭を下げて、さっさと出て行ってしまった。


送別会の店は新しくできたイタリアンレストランで、生ハムやキッシュの前菜に、マッシュルームのアヒージョ、小魚のフライ、トマトクリームのリゾットなどが順々に出てきた。ワインを勧められたが、二谷はずっとビールを飲んだ。イタリアのビールだという、緑色の瓶に入ったビールだった。日本のビールと何が違うのかは分からない。店の奥半分を貸し切りにした状態で、二谷は真ん中の席に座らされた。みんなが代わる代わる隣の席に来て声をかけてくるので、ずっと疲れていた。早く帰ってカップ麺を食べたかった。

リゾットを食べ終えた頃、芦川さんが大きなホールケーキを持って現れた。ろうそくではなくぱちぱちと火花を散らす小さな花火が刺さっている。おお！と二谷とは別のところから歓声が上がる。原田さんが「そのへん片付けて」と二谷の前を指さし、周りに座っていた人たちが手早くテーブルの上の皿を寄せてスペースを作る。芦川さんがそっとケーキを置いた。プレートに〈二谷さん、押尾さん、ありがとう〉と書かれている。

「これ、プレートまで芦川さんが作ったんだって！」

原田さんが感心したように叫んでみんなに情報を伝達し、芦川さんが照れたように笑う。花火の明るさが目に痛かった。すごい、と二谷はつぶやく。すごい、なんで、こんなことができるんだろう。

気を利かせた誰かが二谷の隣の席を空け、芦川さんを座らせる。店員に頼んで集合写真を撮った。真ん中にケーキが写っているので、ケーキが主役みたいだった。みんなが自分のスマホを持ち寄って、ケーキ単体の写真も撮った。ケーキはリボンの形に整えられた白いクリームで飾られ、側面は少しの乱れもなく綺麗にナッペされていた。上に薄緑色のプレートが載せられ、周りに花びらが散っている。色とりどりの花びら。前に芦川さんが「食べられるお花があるんです」と話していたのを思い出す。それを聞いた時に、花まで食べるんかよ、と思ったことも。

なんでみんな、食べるんだ。おいしいものを食べようとするんだ。もっと食べたい、なんでも食べたい、がしんどい。なんでケーキで祝うんだ。砂糖の塊で口の中をべちょべちょにして、おかしいんじゃないか、みんな。なんでみんな、こんなにも食べずにはいられないんだ。

消えた花火の棒を抜き、芦川さんがケーキを切り分ける。店で用意してくれた皿に盛っていく。一皿ずつ、ケーキが配られていく。芦川さんが「二谷さんには一番大きいの」と言って、メッセージプレートを載せた一片を渡してくれる。そのプレートの端に、芦川さんのものらしい小さな指紋が付いているのが見える。

二谷は、めっちゃおいしい、と言ってそれを食べる。すごいこんなの、よく作れますね。中、果物入ってる。えーやば、すごい。すごい、めっちゃおいしい。めっちゃ甘い。天才だなーこんなの作れるなんて。クリームたっぷりじゃないですかすごい。やばい、最高、最高、最高にすごい。まじで全然、敵わない。

口いっぱいにスポンジを詰め込み、歯の表と裏と歯茎の間までクリームを塗り込みながら、食べる。すごい、と言うと芦川さんが笑う。すごくきらきらした顔で笑う。うれしそうに見える。ほんまにうれしいんかそれ、とケーキでいっぱいになった口の中で言うと、芦川さんが「え?」と笑った顔のまま聞き返す。おれたち結婚すんのかなあ、と二谷が言う。結婚、のところだけなんとなく聞き取れたようで、芦川さんが目を見開く。目のふちに塗られたシルバーのアイシャドーがきらりと光る。ふっくらした涙袋が震える。「わたし、毎日、おいしいごはん作りますね」と、クリームでコーティングされた甘い声でささやく。揺らがない目にまっすぐ見つめられる。幸福そうなその顔は、容赦なくかわいい。

解説　あなたに出会いませんように

一穂ミチ（小説家）

初めて見た時、祈りのようなタイトルだと思った。くつくつと煮込まれる鍋を見守っているようなほの温かいイメージは、読了後完全に裏切られる。普通なら、こういう時は「いい意味で」とつけるのだけれど、まったくよくない。本来の意味で、ちゃんと裏切ってくれる。冷えた鍋の表面によそよそしく固まる膜の中に、わたしのさまざまな感情も煮凝(にこご)っている。憎しみとまでは言い切れない、共感だと認めてしまいたくない、悔しさともつかない……熱いでもつめたいでもなく、いちばんおいしくない中途半端なぬるさで。

日本の、どこにでもありそうな会社のどこにでもありそうなオフィスの、どこにでもいそうな面々の、狭い人間関係の話が軸だ。狭いがゆえに、焦げつくと舌が痺(しび)れるほど苦い。

鈍感で事なかれ主義の上司、善意が少々暑苦しいパートの女性、シニカルなアラサー男性、不器用で何かと割を食うその後輩女性と、家庭的でおっとりしたマドンナ的存在の芦川さん。そう、彼女には「マドンナ」という呼称がよく似合う。古くてダサくて、もはやその単語自体に小馬鹿にしたニュアンスが含まれているあたりがぴったりなのだけれど、ご本人は「マドンナ」と呼ばれても「うふふ」と口に出して笑うだけだろう。底が知れないのか、こちらが勝手に深度を見誤っているだけなのか、そもそも底が抜けてしまっているのか。ロールシャッハテストのようにわたしたちは彼女を読み取り、読み解き、最終的には苛立ちながら「で、結局正解は？」と問いかける。あなたって何者？　当然、答えはない。

　子どもの頃、遊びの輪の中に「ごまめ」と呼ばれるルールが存在した。地域限定かもしれないが、年下だとか、小柄で線が細いとか、とにかく集団のアベレージから著しく能力値が低い子を「ごまめ」として優遇する。鬼ごっこなら三回までタッチ無効とか、運動ができる子にぴったりくっついてフォローしてもらえるとか。か弱き存在に対する、ありうべきやさしさであるはずの「ごまめ」制度が、会社という組織の中ではこんなにも暴力的で神経を逆撫でてくる存在だと知らなかった。

　芦川さんは、申し訳なさそうに、それでいて堂々と——矛盾しているかもしれないが、本当にそう――「ごまめ」の権利を行使する。面倒な案件を回避し、体調不良を理由に残業を免除され、穴に落っこちた猫の救出劇を、傘をさして見ている。当然、その負荷はほかの誰かにかかってくるわけで、家族や飼い犬からさえ「できない子」認定されている、いわば「生来のごまめ」である芦川さんは、感謝と謝罪の気持ちを手作りのお菓子というかたちで示す。おそらく、そこには何の後ろめたさもない。

芦川さんとうっすら付き合っている二谷(にたに)がお手製のショートケーキを食べているくだりの描写は、淡々としてすさまじい。

『みかんとキウイを噛んで砕く。じゅわっと汁が広がる。その範囲をなるべく狭めたくて、顎をちょっと上げて頭を傾ける。噛みしめる度に、にちゃあ、と下品な音が鳴る』

ショートケーキという、日常における「ハレ」の食べものを、こうまでおいしくなさそうに描ける作家は高瀬隼子しかいない気がする。まずそう、ではないのがポイントだ。あくまで二谷の身体感覚としての「摂取という行為そのものに対する不快」が表現され、味についての具体的な言及はない。彼は、社会人が短い自由時間を削ってでも「ちゃんとしたごはん」を作り、おいしくいただくのが健全とされている一般常識に強烈な抵抗感を抱いている。もはやアレルギーに近い。

『一日三食カップ麺を食べて、それで健康に生きていく食の条件が揃えばいいのに。一日一粒で全部の栄養と必要なカロリーが摂取できる錠剤ができるのでもいい』

その気持ちはすこしわかる。ものを食べる、というのは取りも直さず「生きようとする肉体」への肯定だ。誰かと一緒に食事をする時、わたしたちは「生きよう」という暗黙の約束を結んでいる。死にたいとまで思っていなくても、日に三度も前向きにさせられるタイミングがあるのか、と改めて考えると多い気がする。恥ずかしい。しかもそこに「健康的」「おいしい」というポジティブな要素までトッピングされると、これはもう明らかに過剰だ。魂が摂取するカロリーとして多すぎる。ＹｏｕＴｕｂｅを倍速で流しながらジャンクフードとビールで晩酌する時の多幸感は、「誰かと」「ちゃんとしたごはん」を食べては得られない。「満たされなさ」で満たされたいのだ。

二谷が、なぜ相性最悪とも思える芦川さんと交際しているのかといえば、やはり彼女が「ごまめ」だから、に尽きると思う。芦川さんは「ごまめ」として自らの弱さをするりと通してしまうことが最優先なので、二谷のねじれた自意識に気づかない(か、気づいてもスルーする)。二谷はそこに絶望と安堵の両方を感じているように見えるが、半端に理解されるか徹頭徹尾されないかなら、後者のほうがまだましなのかもしれない。

『それじゃあ、二谷さん、わたしと一緒に、芦川さんにいじわるしませんか』

一方、二谷と微妙な共犯関係を結んだ後輩の押尾さんは芦川さんに対しても自分自身に対しても「ごまめ」を認めない。押尾さんが思う社会人の常識として多少の体調不良は押し殺して働くし、芦川さんを優遇もしない。みんながすこしずつ弱さをカバーし合うとか、「ごまめ」の役割をローテーションするとか、そういうやり方もありなのかもしれない。働き方改革やコンプライアンス遵守と呼ばれる、社会が目指すまっとうさなのかもしれない。でもそんな互助会的正しさは理想論でしかなく、「そんなんじゃ回っていかない」現実を日々誰かが処理している。二谷はいたって冷静に分析する。

『正しいか正しくないかの勝負に見せかけた、強いか弱いかを比べる戦いだった。当然、弱い方が勝った。そんなのは当たり前だった』

「ごまめの歯ぎしり」といえば、力のない者が無駄に悔しがることの喩えだけれど、実際、「ごまめ」でない側が歯ぎしりさせられることのほうが多いような……考え始めて、蓋をする。誰かの弱さで自分が損をさせられたなんて思いたくない。だって弱さは悪じゃない、絶対に。個人差があるのは当たり前で、こっちが至らない場面だって当然あるんだし、お互いさまでなきゃ。何より、仕事の出来不出来で人を嫌いにな りたくない。必ずしも正しくなくていいけど「正しくない人間」になるのは怖い。

……そういう気持ちが、本当は嘘っぱちだと気づかされてしまったら、あしたから どうやって働けばいいのかわからなくなってしまう。わたしは、二谷にも押尾さんに もなりたくない。

だからもし、芦川さんが自分の職場にいたら、わたしは「ごまめ」として丁重に扱 い、手作りのお菓子を大げさに喜んでいただくだろう。ちいさな声でお礼を言われ て、人に親切にした後のめしはうまいねえ、なんて思いながらごはんを食べる。

どうか、小説の中だけの人でいてください。

まだ出会っていないわたしは、ラッキーですか。

本書は二〇二一年三月、小社より単行本として刊行されました。

|著者| 高瀬隼子　1988年愛媛県生まれ。立命館大学文学部卒業。2019年、「犬のかたちをしているもの」で第43回すばる文学賞を受賞し、デビュー。2022年、「おいしいごはんが食べられますように」で第167回芥川賞受賞。2024年、『いい子のあくび』で第74回芸術選奨文部科学大臣新人賞受賞。著書に『犬のかたちをしているもの』『水たまりで息をする』『いい子のあくび』(以上、集英社)、『おいしいごはんが食べられますように』(本書)、『うるさいこの音の全部』(文藝春秋)、『め生える』(U-NEXT)、『新しい恋愛』(講談社)がある。

おいしいごはんが食べられますように

高瀬隼子

定価はカバーに
表示してあります

2025年4月15日第1刷発行

発行者――篠木和久
発行所――株式会社　講談社
東京都文京区音羽2-12-21　〒112-8001
電話　出版 (03) 5395-3510
販売 (03) 5395-5817
業務 (03) 5395-3615

Printed in Japan

デザイン―菊地信義
本文データ制作―講談社デジタル製作
印刷――TOPPANクロレ株式会社
製本――株式会社国宝社

ISBN978-4-06-539187-7

講談社文庫刊行の辞

二十一世紀の到来を目睫に望みながら、われわれはいま、人類史上かつて例を見ない巨大な転換期をむかえようとしている。

世界も、日本も、激動の予兆に対する期待とおののきを内に蔵して、未知の時代に歩み入ろうとしている。このときにあたり、創業の人野間清治の「ナショナル・エデュケイター」への志を現代に甦らせようと意図して、われわれはここに古今の文芸作品はいうまでもなく、ひろく人文・社会・自然の諸科学から東西の名著を網羅する、新しい綜合文庫の発刊を決意した。

激動の転換期はまた断絶の時代である。われわれは戦後二十五年間の出版文化のありかたへの深い反省をこめて、この断絶の時代にあえて人間的な持続を求めようとする。いたずらに浮薄な商業主義のあだ花を追い求めることなく、長期にわたって良書に生命をあたえようとつとめるところにしか、今後の出版文化の真の繁栄はあり得ないと信じるからである。

同時にわれわれはこの綜合文庫の刊行を通じて、人文・社会・自然の諸科学が、結局人間の学にほかならないことを立証しようと願っている。かつて知識とは、「汝自身を知る」ことにつきていた。現代社会の瑣末な情報の氾濫のなかから、力強い知識の源泉を掘り起し、技術文明のただなかに、生きた人間の姿を復活させること。それこそわれわれの切なる希求である。

われわれは権威に盲従せず、俗流に媚びることなく、渾然一体となって日本の「草の根」をかたちづくる若く新しい世代の人々に、心をこめてこの新しい綜合文庫をおくり届けたい。それは知識の泉であるとともに感受性のふるさとであり、もっとも有機的に組織され、社会に開かれた万人のための大学をめざしている。大方の支援と協力を衷心より切望してやまない。

一九七一年七月

野間省一

講談社文芸文庫 

秋山 駿

簡単な生活者の意見

解説=佐藤洋二郎　年譜=著者他

敗戦の夏、学校を抜け出し街を歩き回った少年は、やがて妻と住む団地から社会を注視する。虚偽に満ちた世相を奥底まで穿ち「生」の根柢とはなにかを問う言葉。

あD5
978-4-06-539137-2

水上 勉

わが別辞　導かれた日々

解説=川村 湊

小林秀雄、大岡昇平、松本清張、中上健次、吉行淳之介——冥界に旅立った師友への感謝と惜別の情。昭和の文士たちの実像が鮮やかに目に浮かぶ珠玉の追悼文集。

みB3
978-4-06-538852-5

講談社文庫　目録

芥川龍之介　藪の中
有吉佐和子　新装版 和宮様御留
阿刀田 高　ナポレオン狂
阿刀田 高　新装版 ブラック・ジョーク大全
安房直子　春の窓〈安房直子ファンタジー〉
相沢忠洋　「岩宿」の発見〈幻の旧石器を求めて〉
赤川次郎　偶像崇拝殺人事件
赤川次郎　人間消失殺人事件
赤川次郎　三姉妹探偵団
赤川次郎　三姉妹探偵団2〈キャンパス篇〉
赤川次郎　三姉妹探偵団3〈珠美・初恋篇〉
赤川次郎　三姉妹探偵団4〈怪奇篇〉
赤川次郎　三姉妹探偵団5〈復讐篇〉
赤川次郎　三姉妹探偵団6〈危機一髪篇〉
赤川次郎　三姉妹探偵団7〈駈け落ち篇〉
赤川次郎　三姉妹探偵団8〈人質篇〉
赤川次郎　三姉妹探偵団9〈青ひげ篇〉
赤川次郎　三姉妹探偵団10〈父恋し篇〉
赤川次郎　死が小径をやってくる〈三姉妹探偵団11〉

赤川次郎　死神のお気に入り〈三姉妹探偵団12〉
赤川次郎　次女と野獣〈三姉妹探偵団13〉
赤川次郎　心地よい悪夢〈三姉妹探偵団14〉
赤川次郎　ふるえて眠れ、三姉妹〈三姉妹探偵団15〉
赤川次郎　三姉妹、呪いの道行〈三姉妹探偵団16〉
赤川次郎　三姉妹、初めてのおつかい〈三姉妹探偵団17〉
赤川次郎　恋の花咲く三姉妹〈三姉妹探偵団18〉
赤川次郎　月もおぼろに三姉妹〈三姉妹探偵団19〉
赤川次郎　三姉妹、ふしぎな旅日記〈三姉妹探偵団20〉
赤川次郎　三姉妹、清く貧しく美しく〈三姉妹探偵団21〉
赤川次郎　三姉妹と忘れじの面影〈三姉妹探偵団22〉
赤川次郎　三姉妹、舞踏会への招待〈三姉妹探偵団23〉
赤川次郎　三人姉妹殺人事件〈三姉妹探偵団24〉
赤川次郎　三姉妹、さびしい入江の歌〈三姉妹探偵団25〉
赤川次郎　三姉妹、恋と罪の峡谷〈三姉妹探偵団26〉
赤川次郎　静かな町の夕暮に
赤川次郎　キネマの天使〈レンズの奥の殺人者〉
赤川次郎　キネマの天使〈メロドラマの日〉
新井素子　グリーン・レクイエム〈新装版〉

安能務訳　封神演義 全三冊
安西水丸　東京美女散歩
綾辻行人　殺人方程式〈切断された死体の問題〉
綾辻行人　鳴風荘事件 殺人方程式II
綾辻行人　十角館の殺人〈新装改訂版〉
綾辻行人　水車館の殺人〈新装改訂版〉
綾辻行人　迷路館の殺人〈新装改訂版〉
綾辻行人　人形館の殺人〈新装改訂版〉
綾辻行人　時計館の殺人〈新装改訂版〉
綾辻行人　黒猫館の殺人〈新装改訂版〉
綾辻行人　暗黒館の殺人 全四冊
綾辻行人　びっくり館の殺人
綾辻行人　奇面館の殺人(上)(下)
綾辻行人　どんどん橋、落ちた〈新装改訂版〉
綾辻行人　緋色の囁き〈新装改訂版〉
綾辻行人　暗闇の囁き〈新装改訂版〉
綾辻行人　黄昏の囁き〈新装改訂版〉
綾辻行人　人間じゃない〈完全版〉
綾辻行人ほか　7人の名探偵

我孫子武丸 探偵映画
我孫子武丸 新装版 8の殺人
我孫子武丸 眠り姫とバンパイア
我孫子武丸 狼と兎のゲーム
我孫子武丸 新装版 殺戮にいたる病
我孫子武丸 修羅の家
有栖川有栖 ロシア紅茶の謎
有栖川有栖 スウェーデン館の謎
有栖川有栖 ブラジル蝶の謎
有栖川有栖 英国庭園の謎
有栖川有栖 ペルシャ猫の謎
有栖川有栖 幻想運河
有栖川有栖 マレー鉄道の謎
有栖川有栖 スイス時計の謎
有栖川有栖 モロッコ水晶の謎
有栖川有栖 インド倶楽部の謎
有栖川有栖 カナダ金貨の謎
有栖川有栖 新装版 マジックミラー
有栖川有栖 新装版 46番目の密室

有栖川有栖 虹果て村の秘密
有栖川有栖 闇の喇叭(らっぱ)
有栖川有栖 真夜中の探偵
有栖川有栖 論理爆弾
有栖川有栖 名探偵傑作短篇集 火村英生篇
浅田次郎 勇気凜凜ルリの色
浅田次郎 霞町物語
浅田次郎 ひとは情熱がなければ生きていけない〈勇気凜凜ルリの色〉
浅田次郎 シェエラザード(上)(下)
浅田次郎 歩兵の本領
浅田次郎 蒼穹の昴 全四巻
浅田次郎 珍妃の井戸
浅田次郎 中原の虹 全四巻
浅田次郎 マンチュリアン・リポート
浅田次郎 天子蒙塵(てんしもうじん) 全四巻
浅田次郎 天国までの百マイル
浅田次郎 地下鉄(メトロ)に乗って〈新装版〉
浅田次郎 おもかげ
浅田次郎 日輪の遺産〈新装版〉

青木玉 小石川の家
天樹征丸 画・さとうふみや 金田一少年の事件簿 小説版〈オペラ座館・新たなる殺人〉
天樹征丸 画・さとうふみや 金田一少年の事件簿 小説版〈雷祭(いかずちまつり)殺人事件〉
阿部和重 アメリカの夜
阿部和重 グランド・フィナーレ
阿部和重 ミステリアスセッティング
阿部和重 A B C〈阿部和重初期作品集〉
阿部和重 IP/NN 阿部和重傑作集
阿部和重 シンセミア(上)(下)
阿部和重 ピストルズ(上)(下)
阿部和重 アメリカの夜 インディヴィジュアル・プロジェクション〈阿部和重初期代表作Ⅰ〉
阿部和重 無情の世界 ニッポニアニッポン〈阿部和重初期代表作Ⅱ〉
甘糟りり子 産む、産まない、産めない
甘糟りり子 産まなくても、産めなくても
甘糟りり子 私、産まなくていいですか
赤井三尋 翳(かげ)りゆく夏
あさのあつこ NO.6〈ナンバーシックス〉#1
あさのあつこ NO.6〈ナンバーシックス〉#2
あさのあつこ NO.6〈ナンバーシックス〉#3

あさのあつこ NO.6〔ナンバーシックス〕#4
あさのあつこ NO.6〔ナンバーシックス〕#5
あさのあつこ NO.6〔ナンバーシックス〕#6
あさのあつこ NO.6〔ナンバーシックス〕#7
あさのあつこ NO.6〔ナンバーシックス〕#8
あさのあつこ NO.6beyond〔ナンバーシックス・ビヨンド〕#9
あさのあつこ 待ってる〈橘屋草子〉
あさのあつこ さいとう市立さいとう高校野球部 (上)(下)
あさのあつこ 甲子園でエースしちゃいました〈さいとう市立さいとう高校野球部〉
あさのあつこ おれが先輩?〈さいとう市立さいとう高校野球部〉
阿部夏丸 泣けない魚たち
朝倉かすみ 肝、焼ける
朝倉かすみ 好かれようとしない
朝倉かすみ ともしびマーケット
朝倉かすみ 感応連鎖
朝倉かすみ たそがれどきに見つけたもの
朝比奈あすか 憂鬱なハスビーン
朝比奈あすか あの子が欲しい

天野作市 気高き昼寝
天野作市 みんなの旅行
青柳碧人 浜村渚の計算ノート
青柳碧人 浜村渚の計算ノート 2さつめ〈ふしぎの国の期末テスト〉
青柳碧人 浜村渚の計算ノート 3さつめ〈水色コンパスと恋する幾何学〉
青柳碧人 浜村渚の計算ノート 3と1/2さつめ〈ふえるま島の最終定理〉
青柳碧人 浜村渚の計算ノート 4さつめ〈方程式は歌声に乗って〉
青柳碧人 浜村渚の計算ノート 5さつめ〈鳴くよウグイス、平面上〉
青柳碧人 浜村渚の計算ノート 6さつめ〈パピルスよ、永遠に〉
青柳碧人 浜村渚の計算ノート 7さつめ〈悪魔とポタージュスープ〉
青柳碧人 浜村渚の計算ノート 8さつめ〈虚数じかけの夏みかん〉
青柳碧人 浜村渚の計算ノート 8と2分の1さつめ〈つるかめ家の一族〉
青柳碧人 浜村渚の計算ノート 9さつめ〈恋人たちの必勝法〉
青柳碧人 浜村渚の計算ノート 10さつめ〈ラ・ラ・ラ・ラマヌジャン〉
青柳碧人 浜村渚の計算ノート 11さつめ〈エッシャーランドでだまし絵を〉
青柳碧人 霊視刑事夕雨子1〈誰かがそこにいる〉
青柳碧人 霊視刑事夕雨子2〈雨空の鎮魂歌〉
朝井まかて 花競べ〈向嶋なずな屋繁盛記〉
朝井まかて ちゃんちゃら

朝井まかて すかたん
朝井まかて ぬけまいる
朝井まかて 恋歌
朝井まかて 阿蘭陀西鶴
朝井まかて 藪医 ふらここ堂
朝井まかて 福袋
朝井まかて 草々不一
歩りえこ ブラを捨て旅に出よう〈貧乏乙女の"世界一周"旅行記〉
安藤祐介 営業零課接待班
安藤祐介 被取締役新入社員
安藤祐介 おい!山田〈大翔製菓広報宣伝部〉
安藤祐介 宝くじが当たったら
安藤祐介 一〇〇〇ヘクトパスカル
安藤祐介 テノヒラ幕府株式会社
安藤祐介 本のエンドロール
青木理 絞首刑
麻見和史 石の繭〈警視庁殺人分析班〉
麻見和史 蟻の階段〈警視庁殺人分析班〉
麻見和史 水晶の鼓動〈警視庁殺人分析班〉

麻見和史　虚空の糸〈警視庁殺人分析班〉
麻見和史　聖者の凶数〈警視庁殺人分析班〉
麻見和史　女神の骨格〈警視庁殺人分析班〉
麻見和史　蝶の力学〈警視庁殺人分析班〉
麻見和史　雨色の仔羊〈警視庁殺人分析班〉
麻見和史　奈落の偶像〈警視庁殺人分析班〉
麻見和史　鷹の砦〈警視庁殺人分析班〉
麻見和史　凪の残響〈警視庁殺人分析班〉
麻見和史　天空の鏡〈警視庁殺人分析班〉
麻見和史　賢者の棘〈警視庁殺人分析班〉
麻見和史　魔弾の標的〈警視庁殺人分析班〉
麻見和史　深紅の断片〈警防課救命チーム〉
麻見和史　邪神の天秤〈警視庁公安分析班〉
麻見和史　偽神の審判〈警視庁公安分析班〉
有川　浩　三匹のおっさん
有川　浩　三匹のおっさん　ふたたび
有川　浩　ヒア・カムズ・ザ・サン
有川　浩　旅猫リポート
有川ひろ　アンマーとぼくら
有川ひろ　みとりねこ
有川ひろ ほか　ニャンニャンにゃんそろじー
荒崎一海　門前仲町〈九頭竜覚山　浮世綴(一)〉
荒崎一海　蓬萊橋雨景〈九頭竜覚山　浮世綴(二)〉
荒崎一海　寺町哀感〈九頭竜覚山　浮世綴(三)〉
荒崎一海　小名木川〈九頭竜覚山　浮世綴(四)〉
荒崎一海　一色町雪花〈九頭竜覚山　浮世綴(五)〉
朱野帰子　駅物語
朱野帰子　対岸の家事
東　浩紀　一般意志2・0〈ルソー、フロイト、グーグル〉
朝倉宏景　白球アフロ
朝倉宏景　野球部ひとり
朝倉宏景　つよく結べ、ポニーテール
朝倉宏景　あめつちのうた
朝倉宏景　エール〈夕暮れサウスポー〉
朝倉宏景　風が吹いたり、花が散ったり
朝井リョウ　スペードの3
朝井リョウ　世にも奇妙な君物語
末次由紀 原作 有沢ゆう希　〈小説〉ちはやふる　上の句
末次由紀 原作 有沢ゆう希　〈小説〉ちはやふる　下の句
末次由紀 原作 有沢ゆう希　〈小説〉ちはやふる　結び
有沢ゆう希　小説　パーフェクトワールド〈君といる奇跡〉
原作：金田一蓮十郎 脚本：徳永友一 有沢ゆう希　小説　ライアー×ライアー
秋川滝美　幸腹な百貨店
秋川滝美　幸腹な百貨店〈デパ地下おにぎり騒動〉
秋川滝美　幸腹な百貨店〈催事場で蕎麦屋呑み〉
秋川滝美　マチのお気楽料理教室
秋川滝美　ヒソップ亭〈湯けむり食事処〉
秋川滝美　ヒソップ亭2〈湯けむり食事処〉
秋川滝美　ヒソップ亭3〈湯けむり食事処〉
赤神　諒　神遊の城
赤神　諒　大友二階崩れ
赤神　諒　大友落月記
赤神　諒　酔象の流儀　朝倉盛衰記
赤神　諒　空貝〈村上水軍の神姫〉
赤神　諒　立花三将伝
彩瀬まる　やがて海へと届く
浅生　鴨　伴走者

講談社文庫 目録

天野純希 有楽斎の戦
天野純希 雑賀のいくさ姫
青木祐子 コーチ！〈はげまし屋・立花ことりのクライアントファイル〉
秋保水菓 コンビニなしでは生きられない
相沢沙呼 medium 霊媒探偵城塚翡翠
相沢沙呼 invert 城塚翡翠倒叙集
新井見枝香 本屋の新井
碧野圭 凛として弓を引く
碧野圭 凛として弓を引く〈青雲篇〉
碧野圭 凛として弓を引く〈初陣篇〉
碧野圭 凛として弓を引く〈奮迅篇〉
赤松利市 東京棄民
赤松利市 風致の島
五木寛之 ソフィアの秋
五木寛之 狼のブルース
五木寛之 海峡物語
五木寛之 風花のひと
五木寛之 鳥の歌(上)(下)
五木寛之 燃える秋

五木寛之 真夜中の望遠鏡〈流されゆく日々'78〉
五木寛之 ナホトカ青春航路〈流されゆく日々'79〉
五木寛之 旅の幻燈
五木寛之 他力
五木寛之 こころの天気図
五木寛之 新装版 恋歌
五木寛之 百寺巡礼 第一巻 奈良
五木寛之 百寺巡礼 第二巻 北陸
五木寛之 百寺巡礼 第三巻 京都Ⅰ
五木寛之 百寺巡礼 第四巻 滋賀・東海
五木寛之 百寺巡礼 第五巻 関東・信州
五木寛之 百寺巡礼 第六巻 関西
五木寛之 百寺巡礼 第七巻 東北
五木寛之 百寺巡礼 第八巻 山陰・山陽
五木寛之 百寺巡礼 第九巻 京都Ⅱ
五木寛之 百寺巡礼 第十巻 四国・九州
五木寛之 海外版 百寺巡礼 インド1
五木寛之 海外版 百寺巡礼 インド2
五木寛之 海外版 百寺巡礼 朝鮮半島

五木寛之 海外版 百寺巡礼 中国
五木寛之 海外版 百寺巡礼 ブータン
五木寛之 海外版 百寺巡礼 日本・アメリカ
五木寛之 青春の門 第七部 挑戦篇
五木寛之 青春の門 第八部 風雲篇
五木寛之 青春の門 第九部 漂流篇
五木寛之 親鸞 青春篇(上)(下)
五木寛之 親鸞 激動篇(上)(下)
五木寛之 親鸞 完結篇(上)(下)
五木寛之 五木寛之の金沢さんぽ
五木寛之 海を見ていたジョニー 新装版
井上ひさし モッキンポット師の後始末
井上ひさし ナイン
井上ひさし 四千万歩の男 全五冊
井上ひさし 四千万歩の男 忠敬の生き方
井上ひさし・司馬遼太郎 新装版 国家・宗教・日本人
池波正太郎 私の歳月
池波正太郎 よい匂いのする一夜
池波正太郎 梅安料理ごよみ

2025年3月14日現在